山城臥治

「三言」馮夢龍宦遊福建壽寧文獻考論

夏春錦◎著

序

趙紅娟

去年暑假，春錦惠贈其處女作《悅讀散記》。睡前一翻，居然被深深吸引，於是次日一氣讀完了它。全書洋溢著他對書的癡迷之情，以及由此而來的內心的充實快樂。這種快樂感染了我，使我身心放鬆。在這個嘈雜喧囂的年代，這種簡單純粹的精神快樂，已頗為難得，而春錦有之。

今年春節，春錦打電話給我，說臺灣秀威願意出版其大作《山城臥治》。我為之叫好。如果此書出版，那麼他年紀輕輕，就既有創作，又有研究，可謂兩翼雙飛，齊頭並進了。正當我喜樂之情溢於言表時，春錦冷不丁地囑我序之，這使我頗為難而又無法推託。

春錦就讀湖州師院時，我教過他古代文學。這門專業課結束後，他又選修了我的「《三言》《兩拍》研究」。勤奮好學，善於鑽研，給我印象十分深刻。當時，我特別強調「採地氣」，也就是選題與地方文化結合，充分利用地利因素。春錦是壽寧人，遂關注起馮夢龍來，時與我討論之。後來他又跟我做畢業論文，因為花了功夫，頗有學術質量，不僅被評為校級優秀論文，而且還在正式學術刊物發表。加上與地方文化建設有關，有一定現實意義，該成果還獲得了浙江省大學生課外學術科技作品競賽二等獎。這是湖州師院首次獲得此獎。

因為品學兼優，別人還在找工作，春錦就已被浙江桐鄉的一所中學錄用，這也使得他繼續有時間讀書和寫作。這部《山城臥治》就完成於他畢業的那個暑假。一個剛走出大學校園的本科生，利用整個暑假，一個人關在一所遠離家鄉的私立學校的學生宿舍裏，埋頭撰寫學術著作，真是難得與罕見。可以想像那時酷暑的悶熱難耐、蚊蟲的咬噬，然而我也能想像他埋頭寫作的快樂與自足。書稿完成後，春錦第一時間發我拜讀，使我頗為驚訝。

何止驚訝於他的勤奮，更驚訝於他的聰明。時至今日，研究馮夢龍的著作已不少，要產生點有價值的文字並不易，然春錦利用自身為壽寧人的地利優勢，專門闡述馮夢龍在壽寧的施政思想、吏治活動以及撰述成果，這就足以使其文字立於學界。更難能可貴的是，春錦能將馮氏在壽寧任上的施政思想、施政活動，與馮氏宦壽前流露的政治理想，特別是《智囊》、《三言》等書所展現的吏治觀，聯繫起來加以審視，這就使其闡述獲得了學術深度。在對馮氏《壽寧待志》、《萬事足》與《遊閩吟草》的論述上，春錦亦多創見，不人云亦云。加上所附馮夢龍宦壽事蹟編年，可以說，這近十萬文字是春錦貢獻的對馮夢龍仕宦壽寧的具體而詳細的調查報告，不但對深入研究馮夢龍有價值，而且對壽寧文化建設有現實意義。

當然，該書作為其學術研究的處女作，而且是大學本科畢業不久所撰，缺陷亦在所難免，主要是有些結論下得較為倉促。如在考證《壽寧待志》的刊刻地點時，該書曰：「〈《壽寧待志》小引〉作於崇禎十年孟春，這年馮夢龍還在壽寧任上，文中充滿了『以待其時』、『以待其人』的語氣，所待者當然是壽寧之人。」這個「當然」就頗有武斷之嫌。記得第一次拜讀其著作時，我還就《遊閩吟草》的寫作時間問題，與他有過探討：

馮夢龍在壽寧的一六三六、一六三七、一六三八這三年當亦有詩作，《吟草》若成於一六三五年，則此後三年的詩是入了另外集子，那麼祁氏崇禎十一年（一六三八）所得詩稿就未必為《吟草》；據《壽寧待志》等，「九年（一六三六）春夏之交，遍山皆竹米」，馮夢龍遂作《竹米》詩，那該詩就非《吟草》中詩；當然，《吟草》為未刊稿，馮夢龍後來亦有可能將此詩增入《吟草》，但如果這個結論成立，那壽寧任上的詩都有可能入《吟草》，則《吟草》的寫作下限就是西元一六三八年。

另外，書中引用大都只有作者與論文論著之名，而無出版社與頁碼，有欠規範。然瑕不掩瑜，如上所述，春錦對馮夢龍宦壽經歷與思想的挖掘和探索，使「馮夢龍與壽寧」的專題研究上升到了一個新的起點。作為他的本科老師，我為有這樣勤奮而聰穎的學生感到由衷地自豪。在本書順利出版的激勵下，我想他會一如既往地癡迷於地方文化，繼續為社會貢獻精神財富。

二〇一三年元宵節於浙江外國語學院

（趙紅娟，文學博士、浙江外國語學院人文學院教授）

引言

馮夢龍（一五七四—一六四六），字子猶，一字耳猶，又字猶龍；別號有龍子猶、猶龍子、顧曲散人等。與兄馮夢桂、弟馮夢熊時稱「吳下三馮」，出生於理學名家，皆有聲名，其中以馮夢龍名最著。馮夢龍是明代的通俗文學大家，文學成就突出，編著有聞名遐邇的「三言」（《喻世明言》、《警世通言》、《醒世恆言》）、《情史》、《智囊》、《新列國志》、《山歌》、《笑府》等。其一生汲汲於科舉，卻蹭蹬場屋，直至明崇禎三年（一六三〇）才被選為貢生，明崇禎七年（一六三四）以六十一歲高齡從丹徒訓導升任福建壽寧知縣。

本書圍繞馮夢龍在福建壽寧的唯一一段縣令生涯展開梳理、研究。主要結合馮夢龍生平、存世詩文、地方志等史料，及其在壽寧的遺存遺跡，從其宦遊壽寧期間的施政思想與活動、著述成就、四年任上的事蹟編年三方面展開梳理。馮夢龍是一位卓有成就的歷史文化名人，其代表作「三言」家喻戶曉，流傳久遠。馮夢龍的一生雖充滿傳奇色彩，怎奈史料不多，披露有限，而其在壽寧任上的縣令生涯無疑是資料相對豐富（主要得益於他在壽寧任上撰成自傳體縣志《壽寧待志》）的一段，更是其仕途人生中的得意之筆。對馮夢龍這段經歷，歷來論者涉及較少，筆者憑藉地域優勢，立足於掌握到的豐富資料，結合閩東的地域文化展開論述。在展示馮夢龍這一段心路歷程的同時，也試圖從一個側面展示出晚明社會的時代風貌和閩東山城壽寧獨特的地理、風俗、歷史和文化。

目次

第二章　編撰活動　067

山城臥治

第一章

施政活動

馮夢龍在「三言」之《醒世恆言》第二十六卷《薛錄事魚服證仙》中對代署縣令之職的薛偉大加讚賞：

那青城縣本在窮山深谷之中。田地磽脊，歷年歲歉民貧，盜賊生發。自薛少府署印，立起保甲之法，凡有盜賊，協力緝捕。又設立義學，教育人材；又開倉賑濟孤寡；每至春間，親往各鄉，課農布種；又把好言勸諭，教他本分為人。因此處處田禾大熟，盜賊盡化為良民。治得縣中夜不閉戶，路不拾遺。百姓戴恩懷德，編成歌謠，稱頌其美。

那薛偉就好似壽寧任上的馮夢龍，而壽寧就是馮夢龍自己的青城縣。馮夢龍帶著他仕途功名的政治理想踏上了壽寧這座偏居東南一隅的山城，當他腳踩壽寧地界的那一刻，面對閩浙邊際連綿的群山，可以想見他的心情也是隨著山巒而起伏跌宕的。在他回首六十年頗為坎坷的人生歷程時，可以猜測到他一定也想起了曾經在他筆下出現過的薛偉這個人物形象。也許他會不由自主地會心一笑，再低頭看看腳下崎嶇盤旋的山路，就此開始了他四年「撫心世道」的縣令生涯。

那薛偉本是天上神仙，因犯戒被罰下天庭，後得高人指點又重返仙界。那馮夢龍最後也能像他一樣「脫離風塵，早聞大道」嗎？讓我們走近這一時期的馮夢龍，去考察他宦遊壽寧時的這段仕途，觸摸這位文人知縣此一段頗具傳奇色彩的心路歷程。

一、一念為民展抱負

馮夢龍〈《醒世恆言》序〉末有一「理學名家」的圖章，其先世與當時的吳中學者王仁孝及嘉定望族侯氏交情甚篤，皆為通家之好。到了馮夢龍這一代，儘管家道中落，但這種家族間的友誼仍然得到延續。加之馮夢龍生性好交遊，就目前研究所知的人數而言，幾近百人。其中如黃道周、陳仁錫、董斯張、錢謙益等，或曾為馮夢龍的學術著作撰寫序言，或彼此詩文唱和，互為師友。據陸樹侖先生判斷，馮夢龍出身於理學名家。正是在這樣一種家庭與社交氛圍的薰陶下，馮夢龍從小耳濡目染傳統儒家學說，並接受正統的儒家教育是不用懷疑的。我們從馮夢龍的人生經歷和遺著中不難看出他確實也酷嗜經學，對儒家的經典之作《春秋》用力更深。他自己曾說：「不佞童年受經，逢人問道，四方之祕笈，盡得疏觀；廿載之苦心，亦多研悟，纂而成書，頗為同仁許可。」（〈《麟經指月》發凡〉）他的弟弟馮夢熊也有相同的記載：「余兄猶龍，幼治《春秋》，胸中武庫，不減征南，居恆研精覃思曰『吾志在《春秋》』，牆壁戶牖皆置刀筆者，積二十餘年而始愜。」（〈《麟經指月》序〉）現在可知的馮夢龍有關經學的著作有《麟經指月》十二卷、《春秋衡庫》三十卷、《春秋定旨參新》三十卷、《別本春秋大全》三十卷、《四書指月》、《孝經翼》等。這些著作都是為了指導諸生應試用的，書商也樂於刊行，成為當時風行一時的暢銷書，如艾容所讚「經箴原為天下師」（艾容《寄馮夢龍京口，著〈智囊〉〈衡庫〉等集》）就是針對此而言的。書商葉昆池還曾做廣告云：「猶龍先生以《春秋》負重望，其經稿久傳海內，茲書則帳中祕也。本坊懇請刊行未允，適耿克勵先生至吳，遂從臾出之，在本坊如獲拱璧，願海內共寶夜光。」葉昆池企圖通過說明其得來不易而增添馮著的傳奇色彩和價值，真是煞費苦心的商業運作。後來徐㶿在《壽寧馮父母詩序》中也說：「吳門馮猶龍先生，博綜墳素，多著述。早歲治《春秋》，有《行（衡）庫集》，海內經生傳誦之。」每有科舉著述刊行，則洛陽紙貴。馮夢龍早年在創作通俗文學的同時也以治《春秋》在士子間名聲鵲起，而這時候的治經名氣又遠大於通俗文學的創作。

馮夢龍除了治學著述外，還廣收門徒，如參與校訂《麟經指月》一書的「門人」就有烏程沈棨、麻城劉輝、無錫黃京祖、長洲浦光肇等十三人；《四書指月》的訂閱姓名中有「門人」金壇虞巍、崇明施御無、華亭董宏儒等數十人。由於名氣大，還有人慕名邀請馮夢龍前去當地講學的。萬曆四十六年（一六一八），馮夢龍就應邀前往湖北麻城為貴介子弟講授《春秋》，在那兒他除了結交文友外，還收了不少弟子。此外，他在丹徒任訓導時主要負責的就是縣學的工作，而任壽寧知縣時也特別關心文教，還立月課，親自為士子授課，想來是淵源有自的。

馮夢龍常告誡門人：「凡讀書，須知不但為自己讀，為天下人讀；即為自己，亦不但為一身讀，為子孫讀；不但為一世讀，為生生世世讀。作如是觀，方鏟盡苟簡之意，胸次才寬，趣味才永。」（周應華〈《春秋衡庫》跋〉）馮夢龍的讀書治經雖受家庭因素的影響，但最主要的動機還是學以致用，具體化為通過科舉走上仕途，以實現傳統社會中讀書人達則兼濟天下的抱負。縱觀馮夢龍的一身，都與政治有著千絲萬縷的關係。這一點他與傳統中國其他熱心科舉仕途的讀書人沒有什麼兩樣，都委身於經濟之道，留意於孔孟之間，渴望通過科舉改變自己以及家族的命運。當然，對於馮夢龍而言還有更為深刻的原因，亦即正如他自己晚年所說的：「余草莽老臣，撫心世道非一日矣。」（〈《中興實錄》序〉）一種傳統儒家的人生哲學在馮夢龍的血液裏千迴百轉，暗流浮動。修身、齊家、治國、平天下的文化人格已經深深浸入骨髓。清楚了這些，我們就不難想像，在花甲之年的馮夢龍能夠不畏路途艱險、風俗迥異、語言不通的困難，毅然來到壽寧上任，經營他潛藏內心深處的善政理想。在動盪的歲月中，滿目瘡痍的版圖上，九州東南隅的一座偏遠山城裏，用微弱而蒼老的生命譜寫一曲治國、平天下的絕唱。

明朝選舉之法分學校、科目、薦舉、銓選四方面。「學校以教育之，科目以登進之，薦舉以旁招之，銓選以布列之。」（《明史・選舉》）學校有分國學和府州縣學，即中央與地方兩種。「府州縣學諸生入國學者乃可得官，不入者不能得也。」（同上）入國學的士子通稱之為監生，同一貢監又有歲貢、選貢、恩貢、納貢之別。馮夢龍雖早年治經，但一直科場失意，據同治《蘇州府志》卷六十二記載，直到崇禎三年五十七歲時才補上歲貢。按照朝廷「知縣及學官由舉人、貢生選」（同上）的制度規定，於崇禎四年才出任丹徒訓導這樣低級的教育小吏。崇禎七年，馮夢龍又由祁彪佳、沈几等人力薦，以六十一歲高齡出任壽寧知縣。對於馮夢龍的科舉經歷，由於缺乏直接的材料顯示，所以仍然是一個謎。但由於他創作的《老門生三世報恩》（收入《警世通言》第十八卷）中主人公鮮於同鄉試時的年齡是五十七歲，又於六十一歲中進士，所以學術界一直都把它當作是一篇馮夢龍的自傳體小說。也許我們就可以通過鮮於同的經歷大致瞭解馮夢龍的科舉生涯，更準確地說馮夢龍自己沒有實現的科舉理想通過鮮於同的官場發跡得到了某種慰藉。

馮夢龍出仕雖晚，但由於其一生都在關心政治，並孜孜不倦地追逐科舉功名，所以在他的一些著作中發表了不少自己的政治觀點，主要見於《智囊》和《壽寧待志》兩書。馮夢龍的政治思想以出任壽寧知縣為標誌可分為宦壽前和宦壽後兩個階段。在宦壽前的天啟六年（一六二六）坐秀水（今嘉興）蔣之翹三徑齋小樓近兩個月，輯成《智囊》二十七卷。又於崇禎七年（一六三四）完成《智囊補》，並在赴壽寧途中經過松陵的船上寫成序言，最後定稿交同鄉好友張我城付梓印刷。《智囊》中有許多的各部總序、評注、按語和轉引自他人的施政名言，馮夢龍借著這些闡述了自己豐富的善政思想。可以說這是一個還缺乏施政經驗的文人對其政治思想的一次初步的闡發。正因此，馮夢龍在壽寧的施政不是孤立的行動，而要結合他宦壽前的政治思想加以論述，換句話說，壽寧任上的施政思想是其前期政治思想的繼承和完善，但要顯得更加務實和系統化，這些集中地表現在二卷的《壽寧待志》中。現就結合《智囊》從歷時性的角度對馮夢龍宦壽期間的施政思想和政治品格做如下闡述。

「政是以和」，亦即政通人和的社會政治環境應該是馮夢龍的施政理想。他在《智囊》上智部見大卷中借孔子的話和相關史實闡明了自己的觀點：

> 子產謂太叔曰：「唯有德者，能以寬服民，其次莫如猛。夫火烈，民望而畏之，故鮮

死焉；水懦弱，民狎而玩之，則多死焉，故寬難。」太叔為政，不忍猛而寬，於是鄭國多盜，太叔悔之。仲尼曰：「政寬則民慢，慢則糾之以猛；猛則民殘，殘則施之以寬。寬以濟猛，猛以濟寬，政是以和。」商君刑及棄灰，過於猛者也；梁武見死刑輒涕泣而縱之，過於寬者也。《論語》「赦小過」，《春秋》譏「肆大眚」。合之，得政之和矣。

此一段話總體上在說明施政過程中應剛柔相濟，恩威並施，寬猛適當。唯有此，才能使社會和政治面貌都達到一種「和」的理想狀態。「寬」和「猛」都是施政的必要手段，但要真正做到適當的「寬」和適當的「猛」卻是很難的，因為「寬」和「猛」如果把握的不當就會適得其反。但「寬」相對於「猛」想要做到會更難。「猛」就好比火，火烈人就自然畏懼；而「寬」好比水，水性懦弱，所以人們就會忽視安全而被淹死的多。真正的理想狀態既不像商鞅那樣的酷烈，也不像梁武帝那般的矯情，而應該是如孔子所言：當政治過於寬鬆的時候，民眾就會變得傲慢不敬，這個時候就施加以必要的嚴厲；當政治過於嚴厲時民眾就會受到傷害，這個時候就應該施以寬鬆之政。這樣就達到了「寬以濟猛，猛以濟寬，政是以和」的理想境界。在此，馮夢龍直接引用儒家創始人的言行闡明自己的理想，一種對於儒家治世理想的訴求可想而知。這種「寬」和「猛」適中的施政手段在馮夢龍宦壽時變得更加具體而實際，他說：「為有司者，別風氣之淳頑，而雨露不得不濟以雷霆；察戶口之肥瘠，而催科不得不參以撫字。」（《壽寧待志》卷下《都圖》）恩威並施、「寬」「猛」適當，真實地運用到了在壽寧的施政活動中。

綜觀馮夢龍的政治思想和施政活動，其施政思想的核心宗旨是「真心為民，實政及民」（《智囊》術智部權奇卷「俵馬」條評）。在施政過程中政策的實施無論是緩是快如果最終確實是以「安民為心」的，那都可以理解。甚至像南宋程卓那樣為了「以安民為先」，不至「編民盡擾」（《智囊》上智部通簡卷「程卓」條），對於偽造倅廳印紙的罪行也可以不理睬。馮夢龍對此評曰：「透頂光明，要著。」（同上條評）給予了充分的肯定。這都基於「所造福於民多，所造福於國更多」（同上「張文懿公」條）的認識。他還引述戰國時期馮諼為孟嘗君「市義」的例子，認為馮諼在為孟嘗君所做的所有事情中，「惟市義一節，高出千古，非戰國策士所及。保國保家者，皆當取法」（《智囊》上智部見大卷「馮諼」條評）。而要做到這些，為政者就必須「以惠政得民」（《智囊》明智部知微卷「龐仲達」條評）。所謂惠政就是施恩惠於民，用邵雍的話講就是「能寬一分，則民受一分之賜矣」（《智囊》上智部見大卷「邵雍」條）。這也正是馮夢龍在壽寧任上所說的「以勤補缺，以慈輔嚴，以廉代匱，做一分亦是一分功業，寬一分亦是一分恩惠」（《壽寧待志》卷下《官司》）的精神指向。其中「勤」、「慈」、「廉」是對他自己政治品格的嚴格要求。「勤」反映在對於政事的親力親為，事無鉅細；「慈」反映在恩威並施而以惠政得民；「廉」則反映在馮夢龍曾先後五次捐俸助政，這對於俸祿本身就不理想的明朝縣令來說是很可以讚揚的。而朱熹弟子李燔的話更具有某種針對性，他認為：「不必待仕宦有職事，才為功業，但隨力到處，有以及物，即功業也。」（《智囊》上智部見大卷「邵雍」條）這正是還沒有走向仕途理想的馮夢龍的夫子自道。

基於要以惠政得民，所以馮夢龍在壽寧任上沒有絲毫的懈怠。他把握住這次縣令任上的機會，想踏踏實實地辦幾件實事。正如他自己所說：「余生平作事不求名而求實。」（《壽寧待志》卷下《里役》「條陳」注）為此才有「余雖無善政及民，而一念為民之心，惟天可鑒」（《壽寧待志》卷下《祥瑞》）的自白。在這種自白中我們也感受到，馮夢龍的所謂善政的最終實施寄託在「聖主名臣」的模式之下，充分肯定「聖主名臣」在善政過程中的重要作用。而君主和臣子「聖」、「明」與否的主觀意志直接決定了善政的能否實現，這就體現出了「以人治國」模式的局限，而非強有力的制度保障。他所反覆推崇的「聖主」，既包括唐太宗、宋太祖這些威名顯赫的明君，也有像唐文宗、後唐莊宗這些名不見經傳的碌碌之輩。君主對於國家和人民握有生殺掠奪之權，他們又往往是善變而無法捉摸的，所以馮夢龍把善政的實施可能性還是著重放在了「名臣」的身上，因為他們才是實際政策的執行者和操作者。所謂「古之良吏，化有事為無事，化大事為小事，蘄於為朝廷安民而已」（《智囊》上智部通簡卷「龔遂」條評）。無論是《智囊》中所提及的子產、諸葛亮、寇準、趙抃、周忱、王守仁、陳霽岩、張詠等，或是《壽寧待志》中所推崇的前任知縣如戴鏜、方可正、周良翰，他們或為權傾朝野的宰相，或為地方一隅的小吏，但都同樣以非凡的能力和智慧實踐著馮夢龍心中的善政理想。馮夢龍認為「吏治其最顯者，『得情』而天下無冤民，『詰奸』而天下無戮民」（《智囊》察智部總序）。其實是在強調官吏自身的才能，所謂「得情」要求為政者更多具備的是一種先天的為官才能，對於案件能夠靈敏地覺察到它的真相；而「詰奸」要求具備豐富的為官經驗，能揭穿奸情，明辨是非。兩者相輔相成，就能「因事而察其心，則人之忠佞賢奸，有不灼然乎」（同上）？他還引用蘇軾的話高度讚揚鮮於侁：「上不害法，中不廢親，下不傷民，以為三難，仕途當以為法。」（《智囊》上智部見大卷「邵雍」條）

但現實並非如此，在壽寧任上馮夢龍時常感受到的是「肘掣於地方，而幅窘於資格，其情亦多有淒憤而不敢控者也」（《壽寧待志》卷下《官司》）。由此看來，更多的是他作為地方縣令的舉步維艱和資格身份的桎梏，一次次情不自禁地在《壽寧待志》中流露出來。這種感受早在編撰《智囊》時就已時常顯露，還連帶著馮夢龍對於使用人才的看法。在馮夢龍看來有才卻不被任用很大程度上是因為資格束人，這種資格就是科舉制度規範下的選官條件。他認為是否是真正的人才並不能以科舉的勝敗論英雄，觀照的應該是一個人的真才實學和他在現實中所展現出的實際能力，而這種能力即使是「一才一技」也比那些只會尋章摘句，代聖人立言，專營八股的腐儒要強。他盛讚無官無品的老隸：「此真宰相才，惜乎以老隸淹也。……如此老隸，而不獲薦剡，資格束人，國家安得真才之用乎！」（《智囊》上智部通簡卷「御史台老隸」條評）他把矛頭直接對準了科舉，認為以科舉取士是「雕蟲取士，資格困人，原未嘗蒐豪傑而汰不肖，安得不輕其權乎，吾於是益思漢治之善也」（《智囊》膽智部威克卷「呂公弼張詠」條評）。所謂「漢治」就是漢武帝在董仲舒的建議下所實行的察舉制，即要求各郡國每年薦舉孝（孝敬長輩）、廉（品格廉正）各一人至京師，作為官吏的候選人。又於西元前一三〇年「徵吏民有明當世之務、習先聖之術者」（《資治通鑑・漢紀十》）。馮夢龍認為這樣就能夠使真正有才能的人得到任用。他還從自己的切身經歷出發，引用王晉溪的話對科舉在人才選拔上存在的弊端一再貶斥：

王晉溪云：司衡者，要識拔真才而用之。甲未必皆優於科，科未必皆優於貢，而甲與科貢之外，又未必無奇才異能之士。必試之以事，而後可見。如黃福以歲貢，楊士奇以儒士，胡儼以舉人，此皆表表名臣也。國初，馮堅以典史而推都御使，王興宗以直廳而歷布政使，惟為官擇人，不為人擇官，所以能盡一世人才之用耳。（《智囊》膽智部威克卷「黃蓋況鍾」條）

這完全就是馮夢龍的又一次夫子自道，長期的科場失落已使他喪失了對科舉的信心。但他的功名意識並沒有為此而消解，在壽寧任上還是投入了滿懷的激情。中國傳統文人的那種根深蒂固的社會責任感是無可挑剔的，他們善良、真誠、求真、奉儒守素、仁民愛國，撐起了歷史不屈的脊梁。

儘管如此，壽寧任上的四年無疑是馮夢龍施政思想的成熟期，表現為其在壽寧任上提出了系統的施政綱領：即「險其走集，可使無寇；寬其賦役，可使無饑；省其讞牘，可使無訟。」（《壽寧待志》卷下《官司》）並在施政中有意識地加以貫徹實行。正如田聿月所言：「積極地實現『無寇』、『無饑』和『無訟』的理想，成為馮夢龍在壽寧施政的出發點和歸屬。而這種『無寇』、『無饑』、『無訟』的善政思想，不僅與馮夢龍在評纂《智囊》

過程中的感悟和認識一脈相承，而且馮夢龍在實施這一善政過程中所採取的步驟、措施、策略，甚至於使用的方式和手段，都可以從《智囊》所輯錄的舊聞軼事中見到許多驚人相似的仿效之處。」（田聿月〈《智囊》評注與馮夢龍在壽寧的善政思想〉，選自《寧德師專學報（哲學社會科學版）》一九九七年第一期）

馮夢龍在《智囊》察智部「詰奸」中用了幾乎全部的篇幅舉出了為數眾多燒殺搶掠的盜匪行徑，而那些馮夢龍所仰慕的名臣賢吏在處理這些案件時表現出極大勇氣和智慧更令他為之嚮往。針對當時盜匪橫行所造成的社會混亂，「王軌不端，司寇溺職」，他發出了「我思老農，剪彼蟊賊」的喟歎。「險其走集，可使無寇」就是在這樣的思考中提出的，強調維持社會治安，是保證善政得以順利實施的前提條件。「無寇」的理想是善政的第一步，社會大環境的安定直接決定了善政的進一步實施。所以馮夢龍上任伊始聞縣城虎患，即捐俸除害；又關心武備，重立譙樓，修城牆，築關隘，整狴犴，訓練民兵。既著手於維持社會安定，又偏重於境內政權硬體設施的完善與建設。這些都是在有意識地加強社會治安，維持社會的正常秩序。但在馮夢龍看來這些似乎又都不是最重要的，治標不治本。那麼什麼才是真正根治盜匪猖獗的手段呢？他認為「惟明刑、薄賦、裕民，為弭盜之本」（《智囊》明智部經務卷「植槐置鼓」條評）。說到底還是回到了「真心為民，實政及民」的施政宗旨上來。

「寬其賦役，可使無饑。」所謂民以食為天，官以民為本，關心民瘼，注重民生成為馮夢龍在壽寧任上牽腸掛肚的實政，他為此付出了極大的熱情和精力。農業上修復東壩，蓄水耕田；對於禾苗出現兩岐、三岐的情況表現出極大的興奮和安慰；還修倉貯糧、欲改革倉貯之弊，使百姓災荒之年免於饑饉。在《智囊》明智部「經務」卷中馮夢龍羅列了一大批精於錢糧賦稅的「俊傑」事蹟。他認為唐朝時的劉晏「有精神，多機智，變通有無，曲盡其妙。」以劉晏「王者愛人不在賜與」為名言，「當使之耕耘織紝，常歲平斂之，荒則蠲救之」。對劉晏的才幹和「理財常以養民為先」大加讚賞。又劉晏行「常平鹽」之法，因「官獲其利而民不困弊」，「主於便民故」而心嚮往之。戰國時李悝的平糴之法行之於魏國，「雖遭饑饉水旱，糴不貴而民不散，取有餘而補不足」，國是以富強。但李悝的做法一直受到缺乏經務實才的腐儒的詬病，認為他過度開墾地力。對此馮夢龍表示出了自己的憤慨，反問道：「夫不盡地力而盡民力乎？無怪乎諱富強，而實亦不能富強也。」何良俊《四友齋叢說》云：

今之撫按有第一美政，所急當舉行者，要將各項下臧罰銀，督令各府縣盡數糴穀。其有罪犯自徒流以下，許其以穀贖罪。大率上縣每年要穀一萬，下縣五千。兩直隸巡撫下，有縣凡一百，則是每年有穀七十餘萬。積至三年，即有二百餘萬矣。若遇一縣有水旱之災，則聽於無災縣分通融借貸，俟來年豐熟補還，則東西百姓可免流亡，而朝廷於財賦之地，永無南顧之憂矣。善政之大，無過於此。

馮夢龍如此大篇幅地引用何良俊的原話，無非是想表明自己的認同和欽佩。所謂的「天下第一美政」就是將贓罰銀等用於購買糧食穀物，以備災年荒年之用。在生產力相對低下的時代，人們與大自然的搏鬥往往是預則立不預則廢，突如其來的自然災害總是要奪走數以千萬計老百姓的生命。如果當政者不知未雨綢繆，這種天災就會直接轉變成人禍，大量殘酷的歷史事實都已經證明了這一點。如此，百姓就會免於流亡，朝廷也無財賦之憂，這正是鮮於侁所能夠做到的上不害法而能利國，下不傷民而能安民，「善政之大，無過於此」。

如果說「無寇」是善政得以順利實行的大前提，「無饑」是善政的根本要求，那麼馮夢龍進一步提出的「省其瀆讟，可使無訟」就是善政的全面實行和「無寇」、「無饑」所帶來的必然結果。

「無訟」是馮夢龍心中理想的政治環境和善政成效，而在馮夢龍看來「無訟」的最直觀的表現就是看監獄的管理情況如何，亦即「以獄囚之多少，定有司之賢否。」宋人趙抃在出察青州時每每念及一人繫獄則有十人罷業，株連波及，更屬無辜。再加上監獄中環境惡劣，夏天疫疾傳染，冬天凍瘡寒冷，有些人只因小罪就被桎梏經年，甚至慘死獄中。獄卒囚長對犯人更是百般凌辱，還借機敲詐勒索，令人深惡而痛絕。趙抃對此狠下治理，「行之期年，郡州縣屬吏，無敢妄係一人者。邵堯夫每稱道其事」（《智囊》上智部見大卷「趙清獻」條）。又，孫覺知福州時以富人修葺寺廟的五百萬鉅款為獄囚償官，使得數百人解除枷鎖之苦，「囹圄遂空」。馮夢龍對這些案例的引用都表明了他對於「無訟」的嚮往。在壽寧任上對於「縣少重囚」，監獄「時時盡空，不煩獄卒報平安」（《壽寧待志》卷上《縣治》）正可看出馮夢龍「無訟」理想在一定程度上得到實現時所流露出的欣慰。

要實現「無訟」還需要地方官吏在審理案件時善於將犯罪所造成的不良影響減到最低的程度，即所謂：「古之良吏，化有事為無事，化大事為小事，祈於為朝廷安民而已。」這實際上是馮夢龍實現「無訟」的基本原則。明初吳履在南康丞任上處理民事糾紛時就能這樣做到。鄉民王瓊輝與豪紳羅玉成有仇，抓住其家人施以毒打辱罵，玉成侄羅玉汝不勝氣憤，糾結少年千餘人圍攻王瓊輝家奪人，並縛王瓊輝於道中棰打幾至死。瓊輝兄弟五人告到吳履處，發誓與羅俱死。吳履考慮到涉案人數過多，眾怒難犯，為避免激化更大的矛盾，遂只捕獲實際動手打人的罪犯四人於瓊輝前，杖數十而已。馮夢龍對此評曰：「此等和事老該做，以所全者大也。」（《智囊》上智部通簡卷「吳履葉南岩」條評）而葉南岩在蒲州為刺史時的做法則顯得更為人道：

葉公南岩刺蒲時，有群哄者訴於州。一人流血被面，經重創，腦幾裂，命且盡。公見之惻然，時家有刀瘡藥，公即起入內，自搗藥令舁至幕廨，委一謹厚廨子及幕官，曰：「宜善視之，勿令傷風。此人死，汝輩責也。其家人不令前。」乃略加審核，收仇家於獄，而釋其餘。一友人問其故，公曰：「凡人鬥無好氣，此人不即救，死矣。此人死，即償命一人，寡人之妻，孤人之子，又干證連繫，不止一人破家。此人愈，特一鬥毆罪案耳。且人情欲訟勝，雖於骨肉亦甘心焉。吾所以不令其家人相近也。」未幾傷者平，而訟遂息。

對此馮夢龍的評論是：「略加調停，遂保全數千人、數千家，豈非大智。」其實無論是「所全者大」還是「保全數千人、數千家」都是出於保民、安民的考慮，這在馮夢龍的施政思想中反覆強調。這些都指導著馮夢龍在壽寧任上的獄訟活動，他巧妙地智擒惡霸陳伯進，深入探訪、明辨曲直，正確決斷姜廷盛誣告案都是其得意之筆，遂記錄在案。

綜上所述，馮夢龍的施政思想是系統的、完整的。既有宏觀指導性的施政宗旨，也有微觀操作上的具體標準。在出任壽寧知縣前的政治思想雖不免過於理想化，但壽寧任上所表現出的務實和實效又是難能可貴的。在壽寧任上的施政活動雖然沒有完全施展開馮夢龍的政治才能和實現他的善政理想，但由此所帶來的對於社會、政治現實的認識卻在他的餘生中發揮了深刻的影響。

二、維穩除害保民安

馮夢龍上任伊始就全身心地投入到縣令的職責當中，他的心情是愉悅的，心態是進取積極的，這可以從他到壽寧後第二天所寫的《紀雲》小詩的情感基調中看出來。同時他又是充滿著熱情和激情的，到壽寧後的第一件政績就深得民心，為今後的施政開了一個好頭。

壽寧地處山區，山林密布，老虎經常出沒。馮夢龍到任之前，虎已傷人百餘，百姓以之為大患。虎患主要是發生在西門外，當時西門由於遭倭亂殘毀，城樓塌毀未修，老虎就從此處夜間入城傷人害畜，攪得人心惶惶，百姓不得安寧。縣民以此禱之於城隍未果，老虎依然肆無忌憚，老百姓以為比明火執仗、燒殺擄掠的倭寇有過之而無不及。馮夢龍隨即在縣內尋訪捕獵能手，在平溪找到一位善於製作陷阱捕獵的周氏巧匠。馮夢龍訪得此人，並慷慨捐出俸資打造捕虎器具，置虎常遊處，並於其中分放活羊二隻，責令縣民守視，凡獲得一虎即賞銀三兩。半年中在山后、溪頭、平溪連獲三虎，縣境虎患遂絕，保障了社會的安寧。至此馮夢龍並沒有洋洋得意，以為功德圓滿，而是在訪匠捕虎的同時，著手於城牆門樓的修建，實踐著袁黃「人之為善，不論現行流弊，不論一時論永久，不論一身論天下」（《智囊》上智部遠猶卷「孔子」條）的深謀遠慮，這也是馮夢龍求實作風的表現。

除去虎患後，馮夢龍逐步開展他的施政活動，著重從關心武備開始。他重立譙樓，修城牆，築關隘，整狴犴，訓練民兵，並欲改革銀坑守兵空吃軍餉之弊。既著手於維持社會安定，又偏重於境內政權硬體設施的完善與建設，實現他保境安民的施政目標。

壽寧雖僻處山區，但明嘉靖年間卻屢遭倭患。嘉靖三十八年（一五五九）和四十一年（一五六二）兩遭倭寇洗劫，其中又以四十一年危害最大。是年「冬十月，倭犯福建。其自浙之溫州來者，則合福安、連江登岸海賊，攻陷壽寧、政和、寧德等縣」（《明史紀事本末》）。知縣章銳曾於嘉靖四十年「始申請築石城，壘障土於溪流，編木關於東西，以為全城」。四十一年修築完畢，「倭即斬關攻陷，雉堞盡壞」（康熙《壽寧縣志》）。《壽寧待志》中所提到的「倉庫、獄囚以城為欄，自遭倭殘毀，知縣戴鏜請加增築，不果。從此日就崩塌，四門蕩然，出入不禁」。且北門一帶「倭亂時居民避此，盡遭屠戮」。所敘述的就是這一次倭患。清光緒《福寧府志》所記攻陷壽寧的具體時間是「十二月，倭屠壽寧」，康熙版《壽寧縣志》記為「傷害男婦不可勝計」，將此劫難稱為「壬戌倭寇之變」。這一次的倭亂給壽寧帶來了極大的破壞，不僅人員死傷無數，城毀牆塌，縣署悉毀，各種典籍也湮沒無聞。隆慶五年又遭大水，原來章鋭所修的木關悉毀於山洪，萬曆二十年兩院道府委託政和知縣和壽寧知縣「會同堪議修築」，但據馮夢龍的記載最終似乎也沒有什麼結果。崇禎年間「復崩塌殆盡，跬步可登」（康熙《壽寧縣志》）。這就是馮夢龍所面對的一堆近乎爛攤子的局面。在戴鏜之後，馮夢龍之前的每任縣令都只在任兩到三年左右，也許忙於升遷也都沒有加以切實地關注。馮夢龍到任不久，「即以憂深牖戶，萬難坐視事」為由，向各台申請捐俸捐贖，「重立四門譙樓，城之崩塌處悉加修築」。譙樓是城門上的望樓，馮夢龍出於「通縣無更鼓，五夜夢夢」，遂置大鼓一面，專設司更人員一名於其上專職掌管。對於情況比較特別的地方他還著重加以戒嚴，如因泗洲橋民極頑，盜賊猖獗，馮夢龍特意向上司申請安置一名巡簡於此，並得到了批覆，還將泗洲橋公館增添一進為巡簡衙門，以確保此處無事。這樣就初步維持了縣城內的正常秩序，能夠使縣民生產生活有條不紊地進行。

除了維持縣境的安寧，馮夢龍基於晚明特殊社會背景的考慮，為加強壽寧的武備做了大量細緻的工作，這也就預防了外部因素對壽寧的干擾。壽寧有「三關十六隘」，皆是軍事要塞，分別為車嶺、絕險、鐵關三關，佛際、青田、碑坑、峽頭、榧子欄、楊婆墓、箬坑、雙港、下黨、杉坑、石門、院洋、武曲、黃陽、青草、葡萄洋十六隘。這些關隘基於壽寧乃「兩省之甌脫，而五界之門戶」而設，明末主要用於海防，鄰縣「福安正海艘登陸之地，昔年倭寇亦從此道，故四隘（按：指車嶺、絕險、鐵關、院洋）特為要害」。

車嶺關俗名車嶺頭，離縣城二十五里，是車嶺古道的一端。車嶺古道自海拔一百七十六米的山田村延伸至海拔七百四十五米的車嶺頭，高低落差五百六十九米，全長十里，有臺階四千四百八十級，至今仍有民諺「車嶺車到天」流傳鄉里。該處是明朝時期壽寧通往福寧州的必經之路，雍正十三年以後壽寧劃歸福寧府，作為官道此路更是繁忙。由於這裏來往行人貨物全靠肩挑，所以漸漸產生了這樣的民謠：「千年扁擔萬年筐，壓得背駝腰又彎。磨爛兩肩流盡汗，工錢不夠飽三餐。」車嶺關因地勢險峻，一線千仞，易守難攻，是難得的天然屏障，故號稱東南路第一險峻處，有扁曰「南門鎖鑰」，歷來被官家視為軍事戰略上的要害。嶺原有小庵，至馮夢龍時與關隘一道損毀，馮認為復關必先復庵，遂招攬庵主，增修牆屋，並給資令墾荒田數畝，使往來行人稍不寂寞。而馮夢龍真正的用意卻是以待來日戰亂之時，「資糧、火藥以庵為外府，即萬一增添戍守，亦不患棲息之無所矣」。真可謂心思縝密而深謀遠慮。

黃陽隘位於坑底鄉長嶺村銅坑亭，與省級風景名勝區楊梅州同屬坑底鄉。隘口為東西走向，兩邊靠山，以山水流向為閩浙邊界，是古時壽寧通往浙江泰順的主要通道。隘口用石拱形成拱門，拱高二・九米，呈字母「n」字形。過道兩旁有供行人歇腳的石凳，北面石牆砌有一龕，不知何用。隘碑原立隘口，現置銅坑尾三岔路邊。青石素面，正面中刻「壽寧縣界」，右刻「嘉靖貳年拾肆□□□□」，左刻「知縣事普安□□□」；背面中刻「黃陽隘」，右刻「東至□田，南至本土山」，左刻「西至人行路，北至分水界」。實是嘉靖二十四年貴州普安人知縣張鶴年所設，其中四隘縣令戴鏜也做過修築，馮夢龍再次加以修復。如今的關隘雖然喪失了軍事上的功能，但四季景色迷人。或蒼翠欲滴、或氣爽宜人、或秋山紅葉、或頹垣殘雪，再加上歷史的沉積，逍遙在斑駁的古道上，觸摸著苔蘚滋蔓的古隘，令人遐想無邊。思緒彷彿被帶到了三百多年前的隘口，與馮夢龍所派遣的隘兵一道守望著故鄉的明月。其他關隘或隱或顯，都深埋在山林曲徑的柳暗花明之中，等待癖好歷史文化的人們一個個地探訪、品讀。

修築關隘的同時，馮夢龍積極訓練兵壯，以備保境安民之用。壽寧縣兵壯向來不諳武藝，馮夢龍於是立正教師一名、副教師二名，專門負責主持訓練。他還每月定期親自前往測試，嚴其賞罰，加以督促。縣壯或許受到縣太爺勤勉為政的感染，變得人人奮發，稍有空隙即前往演習。訓練的項目並不多，只有槍、刀、鈀、棒幾種。由於訓練場地窄小，試箭俱觸石而損，遂無人練習。壽寧縣兵壯按規定編額為二百名，稱為機兵，也叫民壯，但至萬曆初年以來幾經裁革，所剩無幾，「雖謂之無兵可也」。民壯數量不足，只好轉議鄉兵，但由於壽寧群山阻隔的限制，鄉兵在壽寧往往起不到有效的作用。而且這時鄉民多以苧麻為業，收入頗為可觀，在縣壯教師的糧食都難以為繼的情況下更不願意枵腹從公。儘管如此，馮夢龍還是奉上臺之命，用強制手段責成里長報名具結，各保、鄉、村相繼如實按籍上報。上級指派的工作雖然完成，但這並不能起到預期效果，所以馮夢龍並不敢以此為實政，這畢竟與他的理想相去甚遠。四隘雖復，可是兵餉無處著落，兵壯就無法招募，馮夢龍憂心忡忡，有巧婦難為無米之炊的沮喪。

在這種情況下，他百般苦思解決問題的辦法，最後把主意打在了銀坑守兵的軍餉上。壽寧原有銀坑七處，一直以來或絕或禁，只有官臺山大寶坑一處在設縣之初尚有開採。此處為壽寧最大的銀場，也是閩浙邊界四大著名銀場之一。現有地名太監府留存，據說是當時朝廷派太監前來監督採礦而得名。此處朝廷原來安排有千、百戶軍官各一名、旗軍二百名，弘治間裁革去百名，到嘉靖時此礦封閉，軍隊撤回，只留十名作為看守。因為是遠戍勞苦，所以給予這十名官兵全額的軍糧。但馮夢龍經過調查發現這十名官兵並沒有到這裏履行職責，而是空領軍餉，不務正業。他以此為由，把真實情況報給了上司，打算將這部分軍餉轉作招募隘兵之用。但知府經過複查後下的批覆卻是「軍糧有定制」，打算將這十名官兵換回別處安排，並開除此項餉銀。馮夢龍深感此「民窮財盡之秋」，萬一礦盜復發，不知如何是好，只得作罷，更「不敢再詳矣」。

我們在此看到了出現在馮夢龍身上的複雜矛盾，這種矛盾既有內心的雄心勃勃與現實窘迫之間的矛盾，也有馮夢龍宦壽前施政理想和宦壽後施政現實間的矛盾。前者決定了後者的客觀存在，所以馮夢龍的理想悲劇更深刻的是社會的悲劇。

三、興農貯糧護民生

古老的中國以農業立國，華夏文明無不浸透著水稻和小麥的濃郁芬芳。興農養農在任何一個時代都是最大的善政，跟農業有直接聯繫的水利工程也同樣澤被後世。無論是大禹治水、後稷興農的功名萬代，還是李冰父子修築都江堰的彪炳千秋，華夏的文脈裏總是流淌著農耕的血液。馮夢龍在壽寧也同樣注重農業，他關心糧食收成和農業生產，還先後修築東壩，修倉貯糧並欲著手改革倉貯之弊以紓民困。

馮夢龍到達壽寧後第二天所寫的《紀雲》小詩就從自然所表現出的所謂「祥瑞」聯想到糧食的豐收，並於《壽寧待志》中津津樂道「是年果有年」，可見其上任伊始就已把民生作為其施政的中心內容。同樣被他認為是「祥瑞」的還有青竹育米和禾苗多岐這兩件事，都是圍繞收成進行評述的。

壽寧萬山逶迤，竹類繁殖茂盛。其中以毛竹為主，其他還有黃竹、石竹、斑竹、方竹等十多個品種。竹子在壽寧民眾的生活中發揮著重要的作用，它既提供竹筍，也是非常重要的生產和生活的工藝材料。壽寧竹筍以毛筍、綠筍、石筍、金筍、化筍為常食品類，製法多樣，尤以醃筍和筍乾最為有名。據上世紀八十年代末的統計，年產筍乾就達一百九十噸。在日常工藝方面，毛竹的竹篾可以用來製作筐、簍、籮、火籠（馮夢龍稱為「竹爐」）、竹椅、竹床、籬笆等，都是日常生產生活所必備的。而在馮夢龍的時代，竹子開花結成的竹米在荒年卻起到了果腹的作用。崇禎八年和九年，遍山竹葉乾枯，生竹米，形如小麥。八年正值秋成大損，米貴乏食，民眾遂採擷充米，或粉而熬粥，或椿而蒸飯，全縣爭相採食，多的人甚至貯存數倉，轉以出售，每石價值可達一兩銀子。馮夢龍為此深感安心，在如此災荒的時候天賜祥瑞，解除了民眾的饑饉和自己作為父母官的負擔。九年夏季，壽寧出現罕見的乾旱，馮夢龍於是帶領民眾做起法事來，或許是這位地方官敬天保民的德政感染了上天，果然甘霖應禱，年臻大有。漁溪一帶的禾苗竟然還有出現兩岐、三岐的，這令馮夢龍欣喜若狂，不能自矜，感歎：「民貧糧欠，或天可以哀壽而寬拙吏之責與！」另外，馮夢龍在《壽寧待志》卷下《都圖》中詳細記載了壽寧各地區的物產及糧食生產情況，這為他自己的施政提供了詳細可靠的資料。「自古攻守之策，未有不以食為本者。」（《智囊》捷智部靈變卷「周文襄」條）凡此總總，都可以看出馮夢龍對於民生的自覺關注，並多方面闡明自己興農與恤農的態度。

東壩在城東升平橋（又名橫溪橋，為木拱廊橋）下約十米處，全長四十三米，寬六・六米，建於明天順年間（一四五七—一四六四），崇禎時期馮夢龍對其進行了復修，至今保存完好，一九八六年被列為縣級文物保護單位。據馮夢龍記載，自升平橋至永清橋（現名蟾西橋、西門橋），溪水清澈有魚，或青或紅，名為「神魚」。因此人不敢捕撈，取之則致病構疾。民淘米溪中，魚群自由驅逐覓食，全不畏懼。壽寧「山險而逼，水狹而迅」，溪窄而水量小，特別是縣城內更沒有水量充沛的湖泊，所以東壩長期以來發揮著供給城內灌溉的重要作用，現雖喪失了此項功能，但逝者如斯，不舍晝夜，不禁令人感慨馮夢龍善政的細水長流。

馮夢龍在《壽寧待志》卷上《恩典》中云：「恩典中，惟蠲免錢糧最為利民之事，獨今日壽邑正多可商。蓋壽邑糧額最少，非解則支，原無分毫餘剩。」他就是在這樣一種現實下提出「寬其賦役，可使無饑」的施政綱領的。

要實現「無饑」的理想，要求地方官員一方面要鼓勵發展農業，保證糧食生產；另一方面必須注重積貯，以確保無歉收之憂，二者不可偏廢。對此馮夢龍宦壽前就有深刻的認識，他在《智囊》明智部「經務」卷「社倉」中記載朱熹設社倉，豐儲歉糶，「故雖遇歉，民不缺食」的惠政事蹟。馮夢龍又引述了陸象山在社倉之外設立常平倉，「豐時糴之，使無價賤傷農之患；缺時糶之，以摧富民封廪騰價之計」這一行之有效的「代社倉之匱」的方法。介紹了這些切實可行的積貯方法後，馮夢龍筆鋒一轉，針對當時存在的積穀弊端，感慨萬千。「今有司積穀之法，亦社倉遺訓。然所積只紙上空言，半為有司幹沒，半充上官無礙錢糧之用，一遇荒歉，輒仰屋竊歎。不如留穀於民間之為愈矣。噫！」在《智囊》評注中，馮夢龍十分重視糧食問題，一再強調農業生產和糧食儲備的重要性，也針對現行的諸多體制弊端提出自己的批評。正是帶著這樣一種認識，他來到壽寧任上，企圖用自己的行動來改變現實。可以說馮夢龍對農業尤其是糧食生產的這些具有積極現實意義的思想，淋漓盡致地發揮到他在壽寧的施政活動中。除了如上所述於日常生活細節中反映出他對於農業的關注外，他還針對壽寧當地「鑿石為田」，「計苗為畝，不可丈量」，「山高水寒，樹獲俱後於他縣，歲止一熟」等特殊的自然地理環境，充分認識到要實現「無饑」的理想，唯有以農為本。因此特別讚賞「壽民力本務農，山無曠土」的勤勞操持。鼓勵積穀儲備，避免出現「一值水旱，外運艱難，立而待斃」的不堪後果。同時，馮夢龍所採取的不少獎懲措施，也都有意與糧食的蠲免輸納相聯繫。由於商業氣息的薰染，當時壽寧也有不少人「近得種苧之利」，從而導致「田頗有就蕪者」。馮夢龍在《壽寧待志》中舉出了因此而帶來的許多負面影響，明確表示「此不可不責之田主」。提醒人們不能因為單純追求利厚而忽視糧食生產，捨棄農業這一立國之本。這些見解和措施，既與馮夢龍以往的思想有著直接的聯繫，同時也不難看出他在壽寧任上為實現「無饑」理想的一番苦心。

在壽寧最讓他費心的還是積貯一事，特別於《壽寧待志》中立「積貯」一目。據舊志所載際留倉、預備倉在幕廳前，有官廳一所，朝南倉庫二間已毀，馮夢龍對朝北的四間倉庫做了修葺。戴鏜任知縣時在壽寧立過五所社倉，一在縣城內，馮夢龍時已變更為觀音堂；其他四所在鄉下，安置於小東、南洋、南溪、大洋四處。因荒旱相仍，輸穀運糧的民眾越來越少，最後糧倉也擱置作廢。再加上馮夢龍之前的好幾任都有拖欠錢糧的積習，馮夢龍深感憤憒，「錢糧歉久尚不易追，況使後任追前任數年以前之冷贖，有是理乎」？他上任之初就謀及發銀換穀一事，但漏洞百出，難以為繼。認領則大戶報名不實，冒領則無賴誆騙推脫可以預料，發銀時容易，但收穀時卻困難重重。最後馮夢龍還是按照戴鏜的「誠然良法」加以實行，即申請將贖銀儲存不發，在每年開徵賦稅的時候，對於需要交納數額為一石米的糧戶，除了從贖銀中直接扣除三錢外，再責令輸穀一石。這樣就沒有拖欠的可能，清算清楚後將剩餘的贖銀再行發放。從而「官無發糴之憂，民有樂輸之便」，「三年以來，儲俱見穀」。但這種方法也存在一些弊端，比如「壽邑山路崎嶇，負擔為苦，此法便於近，不便於遠」。同時一些淳樸鄉民託保家買納，任其需索，甚至故意拖欠，造成鄉民不能及時繳納。這些都可以看出馮夢龍思考問題的舉輕若重。他打算修復戴鐙所設位於鄉下的四處糧倉，這樣民眾無需長途跋涉就能就近納糧。對於追究責任也能具體到責任人，因「各有干係，必不敢互相欺蔽，自取罪戾」。而「凶年發賑，村民各就近所領糴，亦無跋涉負擔之勞」。可謂一舉多得，在糧食輸納政策上做到以民為本。但可惜的是，直到馮夢龍修纂《壽寧待志》之時，此事「因隘工未畢，物力不繼，尚未請詳，姑少待之」，也不知後來如何。

四、禁溺禁巫重風化

在晚明，一方面由於王學的興起及泰州學派對哲學的通俗化闡釋，在伴隨文化下移的同時，為傳統理學所禁錮的人性及人文關懷得到張揚；另一方面由於私欲過度膨脹，及商業化等因素所帶來的物欲橫流造成有關風化的負面效應與日俱增，社會道德面臨嚴重危機。作為有強烈社會責任感和歷史使命感的中國文人，如馮夢龍等在探討文藝的功能時自覺地回歸到了儒家「經夫婦、成孝敬、厚人倫、美教化、移風俗」（《毛詩・大序》）的傳統上來。強調文學要為政治教化服務，認為文學是以禮樂仁義醇化社會風氣的最好手段，在文字的世界裏施展自己兼濟天下的抱負。正如聶傳生所言：「他們的典型心態是：無論與名教衝突多麼激烈，其內心深處或隱或現地對儒家存有一種深深的眷念。」（聶傳生著《馮夢龍研究》，學林出版社二〇〇二年十二月版，第三十頁）對於馮夢龍而言，他創作通俗文學的同時，主張文學的社會性功能，可以說教化是馮夢龍思想中揮之不去的歷史性情結，正因此才把小說集命名為「喻世」、「醒世」和「警世」，其說教成分還是相當明顯的。

很顯然，馮夢龍把他的這種歷史性情結也帶到了壽寧任上。在維持壽寧社會安定和關注民生的基礎上，他留心風化，對於壽寧存在的許多陋俗進行了不遺餘力的糾正，有意識地對醇化風俗做了許多的工作。最令後人津津樂道的是發布《禁溺女告示》，設厲禁、賞收養，倡導男女平等這件事。

當時壽寧重男輕女現象普遍嚴重，生男則細心養護，生女則即時投河溺死或拋棄路旁。馮夢龍在得知這種情況後，發出嚴厲的禁令《禁溺女告示》，並又一次捐出俸貲以賞賜收養之人。《禁溺女告示》是這樣的：

壽寧縣正堂馮，為嚴禁淹女以懲薄俗事：訪得壽民生女多不肯留養，即時淹死，或拋棄路途，不知是何緣故？是何心腸？一般十月懷胎，吃盡辛苦，不論男女，總是骨血，何忍淹棄？為父者你自想，若不收女，你妻從何而來？為母者你自想，若不收女，你身從何而活？況且生男未必孝順，生女未必忤逆。若是有家的收養此女，何損家財？若是無家的收養此女，到八九歲過繼人家，也值銀數兩，不曾負你懷抱之恩。如今好善的百姓，畜生還怕殺害，況且活活一條姓命，置之死地，你心何安？今後各鄉、各堡，但有生女不肯留養，欲行淹殺或拋棄者，許兩鄰舉首，本縣拿男子重責三十，枷號一月；首人賞銀五錢。如容隱不報，他人舉發，兩鄰同罪。或有他故，必不能留，該圖呈明，許託別家有奶者抱養。其抱養之家，本縣量給賞三錢，以旌其善。仍給照，養大之後，不許本生父母來認。每月朔望，鄉頭結狀中併入「本鄉並無淹女」等語。事關風俗，毋視泛常，須至示者。

這是一篇出自大通俗文學家之手的獨特的文告，語言近乎白話，明白曉暢，通俗易懂。首句開門見山，指出問題的所在，並用一連串正面的問題提出種種質問。緊接著以骨肉之親曉之以人倫情理，父母子女，血濃於水，誰能不動心？又十月懷胎的身心之苦皆是婦女真切體驗，誰能為之不動情？為父、為母兩句更見機警和口才，合情合理。再以生男未必孝順，生女未必忤逆的事實從反面加以論說。既而進一步從長遠考慮，即使撫養長大，也不會有損家財，等稍長後過繼與人還能得到相應的好處。以上從人情、人性及倫理角度步步責問，句句有理。接下來筆鋒一轉，則是從法令角度威懾之。在嚴厲的法令威懾下還是考慮到特殊情況，並提出解決的方法。最後讓各鄉每月朔望呈報實情，形成體制，長遠執行，做到實處。此文告文武並用，義利兼施，真是煞費苦心，竭盡說教之能事。

早在到壽寧上任之前，馮夢龍對清明的倫理環境具有化育風俗的功能，就已經深有感觸。他在《智囊》上智部「見大」卷中提到賈彪這個人，借著他的事蹟闡發了自己對於倫理綱常和風俗關係的看法。賈彪為東漢時人，舉孝廉為新息的地方長官，該地民眾因生活貧苦多不養子，賈彪於是利用行政手段強行規定不養子者與殺人同罪。又，城南有盜賊殺人，而城北有婦人殺子。賈彪出案，手下掾吏欲先捕盜賊，彪大怒，命先捕婦人後捕盜賊。原因是「賊寇害人，此則常理；母子相殘，逆天違道」。馮夢龍的評論是「方知明倫可以化俗」，一語中的。他解決溺女惡俗的初衷和手法幾乎就是對賈彪做法的仿效，但要比賈彪顯得更加仁慈和寬厚。馮夢龍進一步認為「天倫、王法，兩者持世之大端。」（《智囊》上智部見大卷「柳公綽」條評）亦即倫理道德和王法是支撐世界的兩維，缺一不可。這樣就可以理解他在處理溺女案時恩威並施的政治手段是有例可循的，其樣板即來自《智囊》。

在《禁溺女告示》中還有一點是值得深入瞭解的，那就是馮夢龍思想中複雜的女性觀。自從進入男權社會以後，世界上的任何地區幾乎都存在重男輕女的現象。中國是一個具有一整套限制女性身心發展的倫理綱常及法律明文的古老國家，其情況更是如此。而在比較落後的偏遠地區，這種現象來得更加明顯。中國古代自從孔子說過「唯女子與小人為難養也，近之則不遜，遠之則怨」（《論語・陽貨》）的話後，對後世的男女觀念產生了極其負面的影響。對於女性除了有「三從四德」的行為規範外，還有所謂「七去」之說，即「婦有七去，不順父母去，無子去，淫去，妒去，有惡疾去，多言去，盜竊去」（《大戴禮・本命》）。「七去」就是七種休妻的理由，把結婚後不守「婦道」的女性趕出家門。這是農業經濟時代女性喪失自主性和獨立性的表現。在當時的壽寧，大戶人家如果不是因為女性犯了特別嚴重的倫理綱常是不會隨意休妻的，但小戶卻不同，只要稍微不合心意就棄之如破鞋。更有甚者，在急需金錢的時候，還會典賣妻子而不以為諱。或者將妻子租賃與人生子，從而領取「租金」。馮夢龍對這些「輕女」現象都表示出了極大的憤慨。在《禁溺女告示》中則闡發了自己較為開明的女性觀，一種比較進步的男女平等的觀念在馮夢龍的思想中閃耀著光芒。

馮夢龍進步的女性觀還表現在他其他的作品中，比如在《智囊》中專設閨智部「賢哲卷」和「雄略卷」，以及編撰《情史》，「三言」等作品中對女性的才華智慧和堅貞剛毅也都做了謳歌。但馮夢龍的思想矛盾又是隨處可見的，他在一定程度上提倡男女平等、婚姻自主的同時，對於壽寧當時存在的寡婦迫於生計喪中改嫁和「雙鬢皤然」的老婦人「尚覓老翁作伴」表示出了極大的不解，竟也在他的所歎所悲之列。

話說回來，在馮夢龍恩威並施的行政干預下，溺嬰之風在短時期內得到了控制。但積習難改，再加上特殊的年代和環境，直至後來的清代及民國時期，因生活水平底下，壽寧境內部分地區依然存在溺嬰現象。在民間還流傳著一首名為《月光光》的歌謠：

月光光，照四方，照遍人間爹與娘。
只願生男莫生女，生女便出惡心腸。
爹慮養女嘸恩報，娘愁養女嘸衣穿。
爹呀爹，娘呀娘！如何不思量？
生雞生犬且歡喜，為何生女毒如狼！
勸爹爹，勸娘娘，溺女不如棄路旁。

留得性命恩還在，縱然赤貧也無妨。
我幸爹娘收去養，今宵能唱月光光。

有人懷疑這是當年馮夢龍為了進一步禁止溺嬰而作，但沒有確切的證據，姑且存疑。歌謠用孩子稚嫩的語氣，飽含真情地訴說自己的可憐身世和被拋棄後的憂傷，真摯感人，令人為之動容。

力革「俗信巫不信醫」舊俗是馮夢龍針對淨化風俗所做的又一項重要舉措。壽寧多為土著居民，又因地處閩浙邊界，曾一度受到楚文化的薰染，所以崇尚巫風，敬畏鬼神的風氣也非常濃烈。民眾每病必招來巫師迎神祛病，鄰里則競相以鑼鼓相助，這種活動稱為「打尪」，也叫「驅祟」。企圖利用某種儀式，通過巫師與神靈取得聯繫，借助神靈的力量消除疾病的困擾。這其中雖有民俗的成分，但也包含了許多迷信的欺騙性，造成的嚴重後果往往是病人病入膏肓卻由於被耽擱而得不到及時的救治。馮夢龍對此也嚴下禁令，杜絕巫師迎神的荒謬行徑。他還捐俸施藥，指導百姓正確地就醫治病。

五、明斷訟案正民風

縣令作為中國封建時代縣級行政區劃的最高長官，掌握著所管轄區域內的行政、司法、審判、賦稅、勞役等權力。其中案件的審判能力是對縣令非常高而具體的一項要求，也是縣令必須掌握的基本能力。某種意義上，一個縣令能否有政績，取得民心，很大程度上就看他的這一能力發揮的如何。如上所述，馮夢龍對於官吏的自身能力提出了要求，認為「吏治其最顯者，『得情』而天下無冤民，『詰奸』而天下無戮民」。講的就是具體的斷案解訟能力。馮夢龍在《喻世明言》第二卷《陳御史巧勘金釵鈿》中對入話中「縣尹相公」和正文中陳御史的斷案能力甚為欽佩。在《智囊》中更是最大程度地收集有關斷案解訟的故事，這些在馮夢龍心中都是人類智慧極致的表現。也是對古之良吏能夠「化有事為無事，化大事為小事，祈於為朝廷安民」的認同。同時，在馮夢龍看來斷案解訟的能力也是實現其「無訟」理想的直接渠道。他在壽寧任上所處理的姜廷盛誣告案和智擒陳伯進就是得意之作，此外在民間還流傳著許多有關馮夢龍斷案的傳說故事。

馮夢龍認為，壽寧的獄訟最簡也最無情。監獄中雖然多年都不會出現死刑，但雞毛蒜皮的訟案卻接連不斷，令人難以決斷。有司往往只能憐貧量斷，儘量地維護弱者的利益。壽寧的訟案中最多的還是有關財產之類的爭奪，竟有人賣出東西後還振振有辭地誣告他人白占的。百年前的古契約也還視為至寶，甚至有偽造契約以敲詐他人的。壽寧縣衙因沒有自己的仵作，所以遇到大案、要案往往要向他縣借調。這些仵作自視甚高，目中無人，來了以後除了要給他提供安家路費，供給食宿外，還向犯人敲詐勒索，上下出於其手。這就阻礙了案件偵破的進度。

明朝官制，一個縣除了設有知縣一人（正七品）外，一般情況下還設有縣丞一人（正八品），主簿一人（正九品）等。他們的職責主要是「分掌糧馬、巡捕之事」（《明史・職官》），輔助知縣辦公，是知縣的得力助手。但查《壽寧待志》卷下《官司》發現，除了記錄有「知縣」、「教諭」、「訓導」、「典史」、「漁溪司巡簡」外，並沒有縣丞和主簿的名單。再查康熙版《壽寧縣志》方知，除了設縣之初至明弘治間還設有此兩職外，至弘治十二年，「邑民吳澤，以邑小事簡，奏奉勘合裁革」。以後遂再無縣丞、主簿兩職。這樣一來很多事情就要馮夢龍一人主持，像案件的審理也要親力親為才行。

話說一日，青竹嶺人姜廷盛盛氣來到縣衙狀告劉世童。聲言與其弟徵收糧食到三望洋，不想遇到劉世童，被他搶去糧食不說，還用刀砍傷了自己的弟弟。一起跟來的保家鑿鑿為證，再檢驗傷口確實是刀傷，顯得也特別嚴重。不一會兒，劉世童也來到縣衙大堂，訴說是姜廷盛自己砍傷其弟，欲嫁禍與他，從中行詐。對此馮夢龍倍加思索，按常理兄弟骨肉連筋兄沒有砍傷其弟的道理，況且白天行兇，又怎麼能夠騙得了人呢？但看姜廷盛蓬頭垢面，而劉世童卻衣冠整潔如常，且對答如流，並不像是打過架的樣子。馮夢龍當場並沒有做出判決，而是在第二天以出外訪友為名，出西門直奔三望洋查案。他遍詢當地的父老兒童，沒有一個不說是姜廷盛自己砍傷其弟的。還聽聞姜廷盛的親姨當時在場，還曾來勸解。此人居處不遠，招來問詢，也只說是誤傷，卻是姜廷盛所傷無疑。而小孩姜正傳是姜廷盛的本家，親眼目睹了真相，並跑去告訴了姜廷盛親姨，也承認是姜廷盛砍傷其弟的。馮夢龍通過進一步瞭解案情後才知道，原來姜廷盛以里役之事苛責劉世童，劉於是將姜告到縣衙，姜廷盛埋恨在心，一直想打擊報復。姜廷盛有弟手殘，向來就厭惡他坐食不幹活，就打算帶他一起去找劉世童鬥毆，等一交手就殺死其弟以此誣陷劉世童。偏偏劉世童不與之計較，姜惱羞成怒，正好身邊的肉案上有屠刀，就順手向其弟扔去，砍到額頭，流血滿臉。姜廷盛亦用血塗面，拉著他弟弟，將劉告到縣衙。

此案審理清楚後馮夢龍不免感慨萬千：「假使余不躬往或往而不密，必為信理所誤矣。」確實，這件案子能夠公正地結案，靠得是馮夢龍的躬身探訪才瞭解到了實情。否則只是依據姜廷盛和保家的一面之詞，不免斷下冤案，使好人受罪，惡人逍遙。

馮夢龍出於「磨世砥俗，必章勸誡」（《壽寧待志》卷下《勸誡》）的目的，在《壽寧待志》中除了記錄「先達」、「孝子」、「節婦」、「鄉賓」、「耆民」、「旌善亭」中的忠孝節義之人外，還特別修建「申明亭」，標明犯人的姓名及其劣跡，以儆效尤。所謂「申明亭」是明太祖於洪武五年「命有司於內外府、州、縣及鄉之里社，皆建申明亭。凡境內人，民有犯者，書其過、名榜於亭上，使人有所懲戒」（《續通志・刑法略・歷代刑制》）。馮夢龍很看重申明亭的作用，認為這在處理那些有傷天倫、王法的案件方面，採取這種必要的措施是很可取的。所以他在到任的第一年就興師動眾地把一個名叫符豐的人名及其劣跡詳刻在申明亭上。此人「仇視其族，遍訟各臺，更名借籍，誣殺陷盜，如鬼如蜮，不可端倪」。而面對馮夢龍當時的社會情況，「今日觀之，豐不足怪，殆有甚焉」。所以後面附了一個，「以惕其餘」（《壽寧待志》卷下《勸誡》）。這個人就是陳伯進。

陳伯進是七都泗洲橋人，明朝時泗洲橋位於壽寧與政和的邊界，為政和、寧德、古田三縣的總道。「民極頑，欠糧、拒捕、窩盜、販鹽，無所不至。」（《壽寧待志》卷下《都圖》）陳伯進其父私自包攬訟事，致使家財破盡。陳伯進只好以唱楊花乞討為生，往來於蟠溪、西溪之間。後因與盜匪勾結，家道漸起，憑藉他的三寸不爛之舌，鼓勵遊民，為非作歹，稱霸一方。其屢次殺人作案，都因為向有司行賄而脫罪，弄官府於鼓掌之中。馮夢龍在任時像黃茂十、范應龍這樣的要犯都能緝拿歸案，但就是苦於不能擒獲陳伯進。馮夢龍曾有一次派官差前往拿人，不想陳緊閉其門，從樓窗上往下倒熱開水，致使官差潰面而返。馮夢龍恥於他的橫命，趁著從府裏歸來之便，親自前往緝拿。陳竟然糾結西溪惡黨朱仙堂等持械相抗衡，也許經過了一場惡戰也未可知。馮夢龍將此事記錄在案，希望能以丹書垂戒。

無論是審斷姜廷盛誣告案，還是智擒陳伯進，馮夢龍都能夠躬身前往，實地勘察，從而做到明辨是非，為民洗冤。這也讓我們想起了《智囊》中相同的例子。如明初周忱巡撫江南十八年，因自己是江西人不通此地風俗人情，故經常划一小舟，挨村逐巷，隨處尋訪。遇見村夫野老就「攜之與俱臥於榻下，咨以地方之事，民情土俗，無不周知」（《智囊》明智部經務卷「周忱」條）。又，馮夢龍對宋時的張詠萬分景仰，多次提及，高度評價他在處理政務時「不以耳目專委於人，而探訪民間事，悉得其實」。一個叫李畋的人問其用意，答曰：「彼有好惡，亂我聰明，但各於其黨，詢之又詢，詢君子得君子，詢小人得小人，雖有隱匿者，亦十得八九矣。」（《智囊》上智部通簡卷「張詠」條）馮夢龍的評語是：「張公當是絕頂聰明漢。」（同上條評）其實馮夢龍自己也是絕頂聰明。

二〇〇八年八月，壽寧文史工作者在搜集考證《鄉土壽寧》一書「禮制建築」（祠堂）

部分相關史料時，於犀溪鄉西浦村繆氏家族修於清嘉慶三年（一七九八）的《繆氏大宗譜》中驚喜地發現了一份馮夢龍在宦壽期間發布的民事判決文告手抄稿。在繆氏宗譜中此文告題為《縣主馮告示》，謄寫於宗譜之上，前有「抄錄」二字。雖非馮夢龍真跡，但也異常珍貴，特錄於此：

建寧府壽寧縣正堂馮，為禱天敕示以肅憲禁事：據本縣人繆文詩、繆正格、繆文化、繆正勳、繆正用等連簽呈，稱緣有始祖繆仁紅肇基上村門樓底，歷世祖墳大嫩蛇。自宋元至皇明，流管三朝，計年數百。紅六世孫繆蟾登紹定己丑秋元王樸榜特奏名，詩等一腦，向承傳掃至今，無異晉籙。楓、樟、大杉圍木舊遭鄰豪希圖混爭，已蒙分守帶管兵巡。

建南道　費

並蒙　本府正堂

馮　本縣正堂

這是一份審判繆氏祖墳圍木歸屬權的文告。繆氏祖墳位於犀溪村大嫩蛇山，當時為了圍木歸屬權問題與附近鄉民發生糾紛，對方意欲砍伐墓邊的楓、樟、杉等圍木占為己有，繆氏後裔繆文詩等人聯名將對方告上官府。後經縣、府、道三級衙門審理，縣令馮夢龍崇禎九年（一六三六）六月三日發布了這份判決文告，終於平息了這場祖墳林木糾紛。繆氏後裔以勝訴為榮，遂將此文告錄於本族譜牒，使之得以保存。也讓我們在《壽寧待志》之外看到了一起馮夢龍的斷案經歷，所以顯得彌足珍貴。

六、興文立教啓民智

馮夢龍仕途坎坷，其大半生大都以教書和編輯、出版書籍為生。這些書既有風行一時的通俗文學作品如《笑史》、《掛枝兒》、「三言」等，也有風行一時的科舉輔導用書如《麟經指月》、《春秋衡庫》、《四書指月》等。前者的流行程度致使馮夢龍曾經一度遭人攻訐陷入吃官司的局面，後者的暢銷則讓馮夢龍聲名遠播。可以說他是當時最著名的暢銷書作家了。任丹徒訓導時也主要是協助教諭處理縣學的事務，到壽寧後更是熱衷於興文立教，贏得了地方「首尚文學」和「待士有禮」的高度評價。

早在三千年前，壽寧這片土地上就有先民活動的蹤跡，但由於地處偏僻，人煙稀少，直到明景泰六年（一四五五）才建縣，時隸屬建寧府。「地僻人難到，山多雲易生」的地域特徵註定了壽寧人只有淳樸自勵才能夠薪火相傳。壽寧雖沒有能像江南一帶那樣號稱「人文淵藪」，卻並不缺乏「崇文重教」的精神傳統，這是壽寧傳統精神中不可或缺的重要組成部分。究其原因，這既有普遍狀態下文教足以開化民智的作用，又因為壽寧人民渴望通過文教改變命運。

明嘉靖間壽寧知縣錢亮在為壽寧所寫的《科貢題名記》中有云：

有非常之山川，必有非常之間氣；有非常之間氣，必有非常之人才。壽寧之山，巍嵂峻極於天，而其川也，奔騰澎湃於海，此固非常之山川也。其鍾英孕秀，如繆狀元（繆蟾）、姜春元（姜英）之相繼而出也，固宜夫。

康熙時知縣畢九皋亦云：

璞玉蘊於荊山，明珠生於滄海。壽邑雖僻處萬山，鍾鳳嶺蟾溪之秀。如陳（洪軫）、繆（蟾）、姜（英）、葉（有挺）諸公，功名理學，已冠當時。忠孝節義，代不乏人。

他們所共同津津樂道的陳、繆、姜、葉諸人確實是壽寧地方文教史上值得推崇標舉的人物。陳是陳洪軫，乳名敖添，字汝翼，號靜庵，鼇陽鎮人。其生於五代後晉天福二年（九三七），卒於北宋醇化二年（九九一）。父親名陳漢唐，曾官拜泉州提刑。洪軫則於宋太祖乾德三年（九六五）中進士，官至兵部侍郎，死後朝廷又追贈禮部侍郎。父子倆在科舉上都取得不錯的成績，但陳洪軫留給後世的最大善舉是於醇化元年（九九〇）獻宅捐產擴建了現今依然存在的三峰寺，寺後現在依舊為陳氏「宗伯家廟」。三峰寺最早約建於五代後梁開平三年至後唐清泰二年間（九〇九—九三五），是壽寧歷史最悠久，也是名氣最大的寺廟。馮夢龍《戴清亭》詩：「三峰南入幕，萬樹北遮城」中的「三峰」就是三峰寺所在城南諸峰。

繆是繆蟾，字升之，犀溪鄉西浦村人。南宋理宗紹定二年特奏名第一，是壽寧歷史上唯一的狀元。宋理宗曾讚曰：「桂林瑞器，昆山寶玉，年少登科，才貌冠世。」五年尚皇姑臨安公主為駙馬，補修職郎，轉儒林郎、武學博士，累官至太子太傅、禮部尚書。

姜是姜英，字世傑，清源鄉姜厝村人。明天順三年（一四五九）中舉人，歷任浙江蕭山縣儒學教諭、江蘇南京武學訓導、湖北當陽縣知縣。在當陽任上勤政愛民，均賦築城，九年考績，民不忍去，為之謠曰：「姜當陽，古循良，任滿去，德難忘。」楚王賜予勤政詩一首，都御使李公實亦贈詩曰：「一路仰高風，如談寇相公。巴東思盛德，塞北樹全功。干蠱誰能並，循良誰與同。識荊又相別，何日更重逢。」子姜禮，亦於明正德十一年（一五一六）中舉人。

葉是葉有挺，字貞孚，號果庵。性至孝，素有大志，為人縱達不羈。家貧，但仍負笈讀書，常常至廢寢忘食，後於康熙九年（一六七〇）與安溪縣李光地中同榜進士。相傳他曾受學於馮夢龍，學業從此精進。後逢三藩之亂，遂前往南昌避難。第二年回鄉探母，因拒絕接受耿精忠的偽職逃往山中，不幸餓死。三藩平息後於康熙二十二年被公舉崇祀鄉賢，後入《清史》。

這些人因為在科舉仕途上取得了成就，所以受到一代代人的推崇和敬仰。他們是傳統教育中的佼佼者，也是直接從教育中獲得現實名利的受益者。他們全都出身貧苦，正是教育讓他們改變了人生，甚至家族的命運。這種誘惑力是巨大的，為出生貧賤的下層人民提供了一次翻身的機會。科舉的一個最大的好處就在於它通過相對公平的考試形式，打破過去門閥時代家族集團對公共權力的壟斷，除了皇帝的位子，其他的職位可以說都是開放的。

馮夢龍在壽寧時出於讀書人的自覺和個人情懷，也特別注重發展文教。他主要從重視教育和敬賢崇善兩方面進行。

縣學作為縣級的教育部門是縣級政府機構中重要的組成部分，因主要傳授儒家經典又稱為儒學，又因與孔廟同設一處亦稱為學宮。壽寧縣學設於置縣之初的明景泰六年，至天順三年竣工，舊址為今縣文化館所在位置。首任訓導周序有一首題為《儒學東齋》的五律，受到馮夢龍的讚賞，詩曰：

容膝何曾審，潛心轉覺寬。
簷東崖作壁，戶外竹為闌。
地濕片時雨，山深六月寒。
平生志有在，於此敢求安？

空間似乎顯得有些局促，但環境清幽閒雅，非常適合讀書修業。以青崖作壁，以翠竹為欄，即使是原本火熱的六月也覺得清涼透骨，不禁讓人想起昭明太子讀書臺上的那副名聯：「六七月間無暑氣，百千年後有書聲。」地雖不同，但意境卻契合涵永。其中頸聯尤見唐詩神韻，興味無窮，被馮夢龍讚為「卓然名筆」。

明代壽寧學宮雖曾先後多次修建，但馮夢龍到任時也已長久傾塌。此一階段正值馮夢龍與教諭廖燦、訓導呂元英搭班，遂留意興作，一道重修堂宇，整次學宮。馮夢龍手上「適有詳過修學贖鍰二十八金」，又從其他開支中益以二十餘金投入修建，堂宇由是得以完整齊備。並重建學門，往前移十餘步，又遷泮池於內，架石為梁。唯獨欞星門已腐朽不堪，只是苦於缺乏大木。適時舊吏葉際高久負憲贖十金，因山林一區，路途遙遠，一直求售不得。直到第二年馮夢龍才又捐俸代輸伐到大木，除了修建好欞星門外，還於門外設木屏，以方便行者，泮池也換作木橋，還塗飾以朱丹，比過去顯得更為亮麗。這次與他一起完成這項工作的是時任教諭李日榮（崇禎九年任）。

馮夢龍過去曾經以教書為業，又曾擔任過訓導一職，有著豐富的教學經驗。由於壽寧目不識丁者多，竟還有冒充童生的。縣試時馮夢龍與之公庭對簿，試以一二破題也不能作。學校雖設，但讀書者少，自姜禮之後再沒有考中舉人的，都是些貢生之類。縣內典籍除了經書外，其餘寥寥，書商都不願意來。說什麼「家藏法律，戶有詩書」更是無稽之談。父兄教育子弟因個人水平有限，也只能教到能夠把書朗誦完整為止。對此，馮夢龍親自立月課，定期前往學宮為學生講解經書，還頒發了自己在丹徒任訓導時編撰的《四書指月》一書。或許是受到縣太爺的感染和激勵，士子學業精進，漸有進取之志，據說後來於康熙九年中庚戌科進士的葉有挺就曾受學於馮夢龍。

馮夢龍任上還旌表了一批科舉人物，將他們樹立為典範，希望能以此鼓勵諸生，營造良好的崇教氛圍。

學宮之外，名宦祠和鄉賢祠也是馮夢龍著重加以修建的地方。所謂名宦祠就是將曾在這個地方擔任過官職，並有良好政聲的官員塑成泥像，定時加以祭祀的場所。而鄉賢祠則是祭祀本地籍貫，並具有相當名望的人。他們往往都科場得志，並多有擔任過地方官的經歷，所以被地方表為鄉賢，樹為楷模。如馮夢龍任知縣時名宦祠中有劉廣衡、沈訥，他們倆一個曾以都御史撫治閩浙，一個曾為福建按察司副使，都曾親臨壽寧剿寇，並提議設置壽寧為縣；陳醇則是壽寧設縣後的第一任知縣，因有政績被馮夢龍稱為「開縣良牧」；吳廷暄、尹袞、張鶴年、吳承熹、王楝、黃正物、戴鏜七人，都以「循良」而列入縣志，吳還榮載府志。馮夢龍個人最推崇的還是戴鏜，不僅沿用戴鏜的許多政策措施，對他的人品官品也給以極高的評價。除此外，馮夢龍對教諭賈暹、劉邦采額外器重，這兩人都被載入府志，馮認為也應該塑於名宦祠，「以勵師模」，他還尊稱這些教諭為「師尊」，尊師重道可見一斑。

鄉賢祠中據馮夢龍轉引戴鐙編修的縣志（以下稱萬曆《壽寧縣志》）記載原有姜英、周良、張資、陳璲、李袓、葉朝鎮、葉朝奏七人，制行表表，但馮夢龍時竟無一人在祠內受祀。反而竄入本應進名宦祠的福清籍教諭楊一德，於體制不符。又經馮夢龍查驗，楊一德「未聞有興文立教之事」，以此認為這是諸生不請申詳而私行為之，宜屏去土偶。而查葉朝鎮，由歲貢初授浙江歸安主簿，轉廣東曲江縣丞，後升任惠來縣知縣。「治官多績，居鄉有品。自萬曆三十九年至四十三年，屢經公舉鄉賢，申詳學道，竟未轉文。」葉朝奏則年二十三應明隆慶元年恩貢，後任廣西信豐縣知縣，「正直居官，孝友表俗」。馮夢龍於崇禎九年採公議申請，學道的批文卻是「府複查再詳」。並因葉朝鎮和葉朝奏的後人貧弱，還打算為他們向上臺申請一筆佈施。對於葉朝奏入鄉賢祠的申請直到第二年即崇禎十年才蒙學道批覆許可。入祀當日馮夢龍舉行了一個有一定規模和影響的儀式，並親自撰寫了祭文。這篇祭文保存在壽寧縣檔案館收藏的康熙年間《文山葉氏宗譜》的《修醉翁墳附葬記》中，於上世紀九十年代初被發現，是壽寧第一次發現馮夢龍的遺文：

> 葉朝奏公……，以恩進士廷試任廣西信豐縣知縣……，因與府憲不合，解組歸家，風清林下。……爾時，縣主馮公諱夢龍述公宦績於上憲，詳請首入鄉賢。送主時親為文

以葬曰：「帷公孝可作忠，仁而有勇，筮仕恩加蒼赤，歸田澤被梓桑。止開壙而寢遷城，撼經邦安民之略，闡孝經而修邑乘，立文章道德之宗。道岸先登，樹斯文之赤幟；賢祠首入，作學者之斗山。」以後，逐年清明祭墳，皆本此文而祭之。（轉引自葉明生《馮夢龍祭鄉賢佚文的發現及其他》，見《寧德師專學報》［哲學社會科學版］一九九四年第二期）

祭文讚頌葉朝奏的政績和居鄉時期的諸多業績，特別提到葉朝奏辭官回到壽寧後修訂了萬曆《壽寧縣志》的功勞。認為「道岸先登，樹斯文之赤幟；賢祠首入，作學者之斗山」。這些都在反覆肯定他對鄉邦文教的功績，其實是有所指的。康熙版《壽寧縣志・鄉賢》記載了這件事：「崇禎丁丑，公舉崇祀鄉賢，誠允愜輿論矣。」可見其影響還是很深遠的，達到了馮夢龍預期的目的。

馮夢龍還支持修建了壽寧唯一的狀元坊，在《壽寧待志》卷下《坊表》中表達了「為諸生勸」的目的。之前知縣尹袞於明正德五年（一五一〇）建狀元坊於縣治前直街之南，並作有《狀元坊記》。嘉靖二十一年（一五四二）知縣熊治又在縣衙前原惠愛橋（今子來橋）舊址建狀元橋，有《狀元橋詩引》和《狀元橋》五律二首，其一曰：

趙宋錦標客，犀溪是故鄉。
前朝為柱石，後代作津樑。
曙色明江閣，飛甍麗邑堂。
後賢能策勵，重見破天荒。

崇禎間，繆氏子孫請重建狀元坊於西溪，馮夢龍允之，認為這樣可以起到勉勵讀書人的作用。上世紀九十年代，閩浙繆氏族人自發籌款，在現在西浦村金鐘山南麓再度建有狀元坊並紀念堂一間。另外西浦村至今還有狀元祠、放生池、繆公墓等古蹟。繆蟾才貌雙全，詩文俱佳。現據縣志和繆氏族譜記載抄錄繆蟾的兩首詩作與讀者共賞：

應舉早行

半戀家山半戀床，起來顛倒著衣裳。
鐘聲遠和雞聲雜，燈影斜侵劍影光。

路崎嶇兮憑竹杖，月朦朧處認梅香。
功名苦我雙關足，踏破前橋幾板霜。

瓊林赴宴

答謝絲綸出鳳帷，龍頭獨佔姓名魁。
三千禮樂林中會，五百英雄背後隨。
席列綺羅陳玉食，花簪冠帽映金緋。
情知富貴榮華處，深沐天恩雨露肥。

第二章 編撰活動

一、修纂《壽寧待志》

（一）壽寧歷代修志概述

壽寧建縣於明景泰六年（一四五五），是傳說中為景泰帝朱祁鈺壽慶而專設的「景（寧）泰（順）慶（元）壽（寧）」四縣之一，縣名寄託了先輩「蓋欲斯民之壽且寧也」的願望。在設縣之初，還留下了這樣一個傳說。壽寧與毗鄰的泰順爭疆不決，於是決定當面詳談，會後約定於某日早上各自從原地出發，以兩方相遇的地點作為界線。壽寧縣令連夜出發直達泰順縣城內，登其堂室，泰順縣令還沒有出發，於是城以外的地面盡屬壽寧。

壽寧建縣後，直到嘉靖二十七年（一五四八），知縣張鶴年始修縣志（以下稱嘉靖《壽寧縣志》），「時稱信史」。但由於嘉靖四十一年（一五六二）壽寧遭「倭寇之變」，致使「典籍煨燼，此志湮滅無存矣」（萬曆《壽寧縣志・序》）。再過四十七年，即明萬曆二十三年（一五九五），知縣戴鏜追慕朱熹守南平時「他務未遑，首取志閱之」的做法，在對壽寧進行了幾年精心治理後即著手於修纂縣志（以下稱萬曆《壽寧縣志》）。他認為：「志以備一方實錄，示傳信於後，俾有位者一披閱之，可以識民情、知土俗、酌利病而鏡古昔也。」於是與學博吳公、楊公相與謀而修之。他們「遍索里中，得一舊本，以為依據」。戴鐘便邀請本地生員葉朝棐、葉從武等人「重加纂訂」，「中間可採者因之，無關於政治者刪之，秩官文物未增入者補之，不數月而成」（萬曆《壽寧縣志・序》）。後來葉朝奏又在戴鐘等修纂的基礎上對萬曆《壽寧縣志》進行了修訂，所謂「舊志成於葉朝奏之手」（《壽寧待志・附舊志考誤》）。戴鐘修志，注重實用性，目的主要在於能夠有益於地方行政長官的施政活動，「非徒為是彌文而已也，蓋欲後之官斯土者，詳而覽之」（萬曆《壽寧縣志・序》）。這種方志學的見解後來也被馮夢龍所繼承和發揚。

四十二年後，即明崇禎十年（一六三七），是為馮夢龍任壽寧知縣的第四年，他以文人的自覺獨立修纂了《壽寧待志》二卷。這是壽寧歷史上的第三部縣志，也是現存時代最早的方志。此志有其與眾不同之處，作為名志歷來為人稱道，下文將作具體論述。

清代是我國古代修志事業的繁榮時期，省、府、州、廳、縣各級衙門都專門設有志館、志局，延請鴻儒碩學和地方士紳參與編修。據統計，現存清代省、府、縣志書竟達四千八百九十種之多。康熙二十二年，朝廷頒旨命詞臣纂修《大清一統志》，到任才三日的畢九皋隨即「謁文廟，即進博士弟子員而咨訪焉」，與地方賢達及幕僚商討修志一事。在克服了由於「迭罹兵燹」造成的「枣梨灰燼，代遠人湮，事多缺略」的困難後，設館授餐，延聘飽學之士王錫卣、周坊、柳上芝等人「共襄厥事」。「增類編年，網羅裒輯，不閱月而告成八卷。」畢氏修志，認為關乎「民生風化」，以期達到「上可以達冕軒，下可以籍觀摩，佇見殊恩，優恤，寵賚窮荒，俾邊隅苦吏，稍盡撫字振迪之術，起瘡痍於萬一」的目的。亦即讓上級和地方長官都能夠藉此觀摩風化，瞭解民情，從而施加恩寵，撫恤生民，而使地方事業有所改觀。後來畢氏於志書付梓前死於任上，直到康熙二十五年才由下一任知縣趙廷璣續成，「爰謀諸紳士，重收遺佚，詳加校仇，綴以舊聞，參以新知，而授之梨棗焉」（康熙《壽寧縣志・序》）。

此後，光緒十四年（一八八八），縣令何厚卿創設縣志總局，延請盧雪珍、林棟等續修《壽寧縣志》。該志編纂歷時十四年，終因時世艱難而終未成書。稿本初存林棟處，後散佚無存。民國間亦多次組織過修志，均因環境及條件不允許而告流產。直至一九九二年新版《壽寧縣志》的出版，是為壽寧歷史上最完善的一部縣志，也是福建境內字數最多的一部縣志。

如上所述，壽寧從古代留存下來的只馮夢龍《壽寧待志》和趙廷璣《壽寧縣志》二志。其中由於趙志完全按照官方文樣修纂，並無多大特色。而馮夢龍《壽寧待志》為文人獨立修纂之志，素稱名志佳作，為世人所關注。

（二）《壽寧待志》的出版及受關注情況

《壽寧待志》二卷刊於明末，竹紙印刷，係木刻版。光本規格高二十五點七釐米，寬十六點二釐米，版心規格高十九釐米，寬十三點四釐米。右行直排，每頁兩面，每面九行，每行二十字。該志書中國國內久佚，不知出版的確切地點。有人認為即刊行於馮夢龍還在壽寧任上之福建，是時壽寧所在的建州為全中國主要的版刻中心之一，馮氏藉此優厚的條件，刊刻於此時不是沒有道理；也有的認為是寄回老家蘇州刊刻的；還有的認為和馮氏的其他許多著作一樣刻於日本，因為目前中國國內沒有找到相關版本，原刊本存於日本國會圖書館。據筆者考察後推測，《壽寧待志》應刻於壽寧任上。原因有三：其一，〈《壽寧待志》小引〉作於崇禎十年孟春，這年馮夢龍還在壽寧任上，文中充滿了「以待其時」、「以待其人」的語氣，所待者當然是壽寧之人，其中還特意對自己「亟亟乎《壽寧待志》之刻」做了解釋，而沒有把書寄回老家刊刻的交待；其二，建州有著優越的版刻條件，馮自不用千里迢迢寄回蘇州刊刻，再者說《壽寧待志》乃壽寧縣志，寄回蘇州刊刻還要寄回，豈不捨近求遠；其三，徐𤊹《徐氏紅雨樓書目》卷二「史部」中載有《壽寧縣志》二卷，署名馮夢龍，應是《壽寧待志》之誤記，可見徐氏藏書中已有此書。綜上所述，《壽寧待志》似應刻於馮夢龍還在壽寧任上之福建。

全書分上下兩卷，分裝四冊，字數在五萬左右。中國國內現有一九八三年陳煜奎據微縮膠捲點校交福建人民出版社出版的《壽寧待志》排印本，海峽文藝出版社所出版之「馮夢龍叢書」中的《壽寧待志》單行本，以及同樣是海峽文藝出版社出的陳元度注譯的《壽寧待志注譯》；另有多種全集本，如上海古籍出版社一九九三年的《馮夢龍全集》影印本，江蘇古籍出版社一九九三年亦出了《馮夢龍全集》排印本，還有二〇〇五年遠方出版社出版的《馮夢龍全集》排印本，二〇〇七年鳳凰出版社（原名江蘇古籍出版社）《馮夢龍全集》排印本等。

隨著《壽寧待志》的出版，在學界引起了較大的反響。其在馮夢龍研究及方志學領域都具有特殊的價值和意義。林英、陳煜奎所做的〈《壽寧待志》前言〉是較早論述《壽寧待志》相關內容的文章，其後學者又從馮夢龍在壽寧的善政角度對《待志》進行了較為具體的論述，其中的八首詩作也被視若遺珠。與此同時，臺灣學者馬幼恆在〈馮夢龍與《壽寧待志》〉一文中質疑該書的真實性，亦是一說。下文將基於筆者的認識，對《壽寧待志》一書做較為深入全面的探討。

（三）《壽寧待志》的體例及創新

編修方志，必須要依據一定的體例，體例是材料組織和分類的相對固定形式。方志體例是志書表現自身內容特有的，不同於其他著述方式的體制。它能夠貫徹修志宗旨，適應內容需要，使方志編纂更加條理化、系統化和規範化，具體體現在志書的門類、體裁、結構、文字表述等各方面。

「曷言乎待志？猶云未成乎志也。」這是馮夢龍自己對志名「待志」的解釋。他以一種「與其貿焉而成之，寧遜焉而待之」的謹慎態度編修這部縣志。在他看來，「一日有一日之聞見」，隨著時代的賡續，無論生命的個體還是皇皇宇宙都是在不斷地更迭變化之中，所以要「以待其時」；「一人有一人之才識」，個人的才能和識見都是有局限的，不能妄自稱大，所以修志要「以待其人」，不可草率為之，要通過幾代人的共同努力，才能把修志事業做到更好。在這裏，我們看到了馮夢龍對於修志事業謹慎和謙虛的態度。他修志的目的也是明確的，認為「往不識無以信今，今不識何以喻後」。正是基於這樣一種對歷史負責的態度，他才把「略舊所存，詳舊所闕」作為修志的標準加以執行。《待志》有詳有略，著重敘述馮夢龍自己任上之事，是一部不可多得的既簡約又富有第一手史料價值的方志。

方志從所敘述的時間斷限考察，可分為通紀體和斷代體兩種。通紀體以一地建置之始或事物發端開始敘述，至志書擱筆之日為止，統合古今是此類志書的基本特徵。而斷代體志書則仿照班固《漢書》等正史斷代史，只敘述一定時期內本地各方面情況的志書類型。《壽寧待志》即是一部斷代之志，其時間上限應是「舊志終於辛卯（萬曆十九年，即一五九一年）」後的萬曆二十年（一五九二）。《待志》所錄從時間看也再沒有早於這個時間的，如《賦稅》只對「萬曆二十年後加裁之數詳著於後」；《官司》中知縣始於萬曆二十年前後在任的戴鏜，教諭始於林士超「繇舉人萬曆二十四年任」，訓導始於陳一鶴「繇歲貢萬曆二十年任」，典史始於霍廉「繇吏員萬曆二十三年任」等。下限則為馮夢龍任上之崇禎十年，除了有「小引」中的落款「崇禎十年春孟」為證外，《壽寧待志》卷上《香火》中尚載有「崇禎十年正月，余因馬仙宮僧徒不和，為之改門右偏，而左偏有屋料未成，係凶方不可建豎，余為移置於山川壇」之事；《賦稅》一節「借扣」中亦有「崇禎十年，奉文為遵旨從長權晝事，十年分生員優免再扣一年」；《勸誡》「耆民」中有名為繆潤三者為馮夢龍於「崇禎十年春」所舉等。

斷代體方志一般以「續志」為名，所敘述的時間始於舊志斷修之後，止於續修之時。而馮夢龍修志以「待志」為名而不言「續志」，擺脫窠臼，確是一大亮點，包含了如上所述馮氏對人生宇宙的深刻認識和謙虛態度。續志在類目設置上大多沿襲前志門類及體制，但因嘉靖《壽寧縣志》與萬曆《壽寧縣志》皆湮沒無聞，所以不能斷定《壽寧待志》在這方面的因創是怎樣的。

《壽寧待志》的敘述整體上橫排門類，縱貫時間，遵循依類繫事，事以類聚的原則。結構大體由「小引」、「正文」、「附舊志考誤」三部分構成。小引即該志序言，馮夢龍在小引中除了對取名「待志」做了解釋外，並闡發了自己的方志學見解。正文分上下兩卷，上卷包括疆域、城隘、縣治、學宮、香火、土田、戶口、升科、賦稅、恩典、積貯、兵壯、鋪遞、獄訟、鹽法、物產、風俗、歲時等十八目，下卷包括里役、都圖、官司、貢舉、坊表、勸誡、佛宇、祥瑞、災異、虎暴等十目。內容涉及地理、政治、經濟、教育、人物、軍事、交通、社會生活、宗教信仰、自然災害等多方面。但其中也多有缺略，比如沒有「藝文」類，馮夢龍自己的八首詩和文告、條陳沒有單獨一目，而是按照一事一附的原則，嵌於各篇之中。附舊志考誤所列六條，主要是針對萬曆《壽寧縣志》中存在的訛誤進行的增改，從中更可進一步看出馮夢龍修志的謹嚴態度。比如「西北到慶元界九十里」萬曆《壽寧縣志》訛作「政和一百里」，馮氏認為是「失於核實」，另外如「失於遺漏」，「失於筆誤」，「失於土授者，悉宜考正」。特別是對葉朝奏在修萬曆《壽寧縣志》時所表現出的「貢諛戴令，敘事中多稱功頌德之語」表示不滿，認為「殊乖志體」，「宜直載其事，稍刪讚美」。這也正是後來章學誠所提出的「志屬信史」的要求，即要求修志者具有史家的史學、史識、史才、史德，能夠秉筆直書，真實客觀地記載一地的情況，「苟於事實無關，雖班、揚述作，亦所不取」（章學誠《修志十議》）。

從志目結構考察，《待志》為平目體方志。早在晉朝時常璩的《華陽國志》即為平目體，因結構簡潔清晰，適合用於撰寫內容和字數都較少的志書。該體式宋元以前應用較為普遍，清中葉以後逐漸減少。就明朝方志修纂而言，成化至正德年間是明朝修志的蓬勃發展期，在以總設地理、田賦、建置、秩官、祠祀、人物、藝文諸志等類目下分細目為標誌的綱目體發展迅速的同時，原有的平列建置沿革、疆域、城池、市鎮、戶口、徭役、科舉、風俗、文苑等的平目體也繼續發展。但到了嘉靖至萬曆時期，這一階段綱目體逐漸取代平目體而成為志書體例的主流。馮氏選擇平目體完全是基於壽寧偏僻山城，又為斷代之志，確實不需要結構龐雜的綱目體，只需平目體就能夠勾勒出此一段時間壽寧具體的縣情。再因為文獻莫徵，資料匱乏的緣故，《待志》也並不是一部完整的志書，而是馮夢龍草創的與其任內政事有關的斷代之志。

（四）《壽寧待志》的思想內容與價值

方志具有地方百科全書的美譽，它系統記載了一個地方自然、社會、政治、經濟、文化、人物、歷史等方方面面的內容，以其區域性、綜合性、連續性和資料性的特點往往能補正史之不足，具有存史的功能。

《壽寧待志》的價值在於它為我們提供了三方面的重要內容：其一，有關馮夢龍的史料，對研究馮夢龍生平、思想具有很高的價值；其二，有關晚明社會狀況的史料，直接反映晚明的社會風氣和狀況；其三，有關壽寧的史料，為我們瞭解明末壽寧的縣情保存了豐富的原始資料，直接體現在為新版《壽寧縣志》的編寫提供明代史料。現就圍繞以上三點展開論述。

1.有關馮夢龍的史料

馮夢龍是一位卓越的歷史文化名人，但有關他的生平事蹟，由於資料奇缺的緣故人們知道的並不多。在馮夢龍研究方興未艾的今天，有關馮夢龍的家世、卒年、行跡、著作、出版等問題依然還是一連串解不開的謎，有待於相關資料的進一步挖掘。《壽寧待志》的發現和出版，在許多方面為學術界進一步瞭解馮夢龍提供了機會。

有關馮夢龍的籍貫歷來說法不一，有吳縣人、長洲縣人、常熟人數種。從清初相關文獻中即可看出幾種不同的記載，如《江南通志》卷一百六十五、《福建通志》卷三十二等記為「吳縣人」。黃虞稷《千頃堂書目》卷二十八、《御選宋金元明四朝詩・御選明詩》姓名爵里七及朱彝尊《明詩綜》卷七十四等則記作「長洲人」。後來的《四庫全書總目提要》、郁藍生《曲品》、王國維《曲錄》、吳梅《顧曲麈談》等亦作吳縣人；同治《蘇州府志》中的「人物」（卷八十一）和「藝文」（卷三十六）中馮夢龍亦歸屬於吳縣。而黃文暘《曲海總目提要》以及《蘇州詩鈔》等又為長洲縣人。據魯迅先生翻閱《頑潭詩話》又記作常熟人，不知何者為是？明時吳縣和長洲同屬蘇州府，是蘇州府的兩個附郭，吳縣在府治之西，長洲在府治之東，形成了一府兩縣在一個城內的有趣現象。像這種情況本來只要說馮夢龍是蘇州人就是了，但問題遠沒有這麼簡單。在府治東的長洲縣古稱「茂苑」，所以有學者據「綠天館主人」的〈《古今小說》序〉和「無礙居士」的〈《警世通言》序〉認為「三言」的纂輯者是署名「茂苑野史氏」的馮夢龍（見野儒《關於「三言」的纂輯者》，轉引自高洪鈞《馮夢龍生平拾遺》，見高洪鈞著《馮夢龍集箋注》，天津古籍出版社二〇〇六年五月版，第二八九頁），這是基於馮氏為長洲人的論斷。但也有人認為馮夢龍是吳縣人，這樣「茂苑野史氏」就不是馮夢龍的別號，根據以上兩序署名就得出相反的結論，即「三言」不是馮夢龍纂輯的（見一丁《「三言」作者的疑問》，出處同上）。所以說馮夢龍是吳縣人還是長洲縣人關涉到「三言」著作權的爭論，不可小看。《壽寧待志》卷下《官司》「知縣」中有馮夢龍自己的記錄：「馮夢龍，直隸蘇州府吳縣籍長洲縣人。」筆者較為認同高洪鈞先生的說法，高先生認為：「馮氏在自己的籍貫前另冠以『吳縣籍』三字，並不是說他就是吳縣人。」據查同治《蘇州府志》卷二《建置沿革》：「長洲縣，本吳縣地，唐萬歲通天元年析置長洲縣（取長洲苑為名），與吳縣分治郭下，乾元二年改置長洲軍，大曆五年復為縣，歷宋元明不改，國朝因之。」所以「這裏說的『吳縣籍長洲縣人』，乃是取長洲古屬吳縣地的意思。馮夢龍是長洲縣人。」（高洪鈞《馮夢龍生平拾遺》，見高洪鈞著《馮夢龍集箋注》，天津古籍出版社二〇〇六年五月版，第二八九頁）在這裏馮夢龍以傳統文人的癖古嗜好與我們玩了一次猜謎一樣的遊戲。儘管如此，還是《壽寧待志》中馮夢龍自己的記錄為弄清馮氏的籍貫提供了最權威的記載，常熟人的說法也就不攻自破了。

　　馮夢龍一生都在追求走科舉仕途的道路，他除了崇禎七年出任壽寧知縣外，通過《壽寧待志》我們知道之前他還擔任過丹徒訓導這一小吏。這一仕途經歷在《壽寧待志》發現前各種著述及文章都很少提及。馮夢龍是在《壽寧待志》卷上《升科》中附帶提到的：「天下有名美而實不美者，升科是也……因思前司訓丹徒時，適焦山沙長數里，諸勢家紛紛爭佃。然有長則必有攤，長則議增，攤不議減，宗租承佃，遺累子孫，坐此破家，歷歷可數。余曾苦口為石令景雲言之，求其踏勘條陳，即以新佃准銷歸攤之額，利民甚博。景雲慨然力任，會調宜興而止。」升科是封建時代政府以一般田地收稅條例為標準，對農民新開墾的土地不分肥瘠一律同等徵收錢糧的制度。事實上絕大多數肥沃的土地掌握在地主手裏，這樣農民開墾的只是那些貧瘠的土地，貧民相對就要承受更大的負擔。在明末，這實際上成為官員提升政績的名目，實質上是封建統治者巧立名目，對百姓進行剝削的一種手段。所以稱之為「名美而實不美者」。馮夢龍在丹徒任訓導時，曾苦口向知縣石景雲提出過改革此弊的建議，後因為石景雲改調宜興而付之東流。此時馮夢龍自己任壽寧知縣，為一縣之長，而面對同樣的問題時，由於「牽於文法，不行其志」，表現出了深深的無奈和羞愧。學者據《壽寧待志》的這一記載，查閱《丹徒縣志》，最後進一步弄清了馮夢龍任丹徒的大致時間，是在崇禎四年至六年之間（高洪鈞《馮夢龍生平拾遺》，見高洪鈞著《馮夢龍集箋注》，天津古籍出版社二〇〇六年五月版，第二九一頁）。

馮夢龍出任壽寧知縣的準確時間在許多文獻中都只作籠統的介紹，如《江南通志》云「崇禎時貢選壽寧知縣」，一些辭典、文章中更有書作「隆武時」、「南明唐王時」的，顯然錯誤。較為準確的如《福建通志》云「崇禎七年知壽寧」，又有野孺《關於馮夢龍的身世》一文據明祁彪佳《巡吳省錄》中的記載考證為「崇禎七年甲戌即一六三四年六月升福建福寧府知縣」。考察壽寧建置沿革，當時應該是隸屬於建州府，直到雍正十二年升福寧州為福寧府，壽寧從此才劃歸福寧府的。根據《壽寧待志》卷上《里役》篇所附條陳中馮夢龍的自述「卑職於崇禎七年八月到任」，又據卷下《祥瑞》所云「余於崇禎七年甲戌八月十一日到任，」次日作有《紀雲》小詩一首。是為馮夢龍出任壽寧知縣的最準確時間。

《壽寧待志》是馮夢龍的特色之筆，而在《待志》中還保留了馮氏壽寧任上創作的詩歌八首、文告一篇、條陳一款，正可補馮氏著述之遺。《禁溺女告示》已於上一章中做過較為深入的論述，在下一節中也將對八首詩歌作進一步分析，此不贅言。而條陳一款附於《里役》之後，從中正可看出馮夢龍對於弊政的看法。馮夢龍到任後的幾年裏曾先後上條陳十三款，主要是針對「造解黃冊及新任修衙門備傢伙二事」而作的，現存僅此一條。

除此外，《壽寧待志》由於自身具有很強的自傳色彩，大量記載了馮夢龍在壽寧的施政活動和行跡，也已於上一章中做了詳細概述。除了能夠通過《壽寧待志》的直接記載瞭解馮夢龍的生平經歷、政績等客觀史實外，我們還可以對相關史料做具體的分析，從而深入探究馮夢龍壽寧知縣任上時的思想狀態。如任上的關心民生疾苦，處處以百姓為念。認為「事神、治民，有司之責，未有不能事神而能治民者」（《壽寧待志》卷上《香火》）。所以他非常關心壽寧地方的宗教事務，這一點對宗教的認識和實踐比單純從大部分為宋元話本的「三言」中歸納馮夢龍的宗教思想要來的更為合理。有意改革弊政，盡自己所能做了修倉貯糧、移建黃冊庫等力所能及的事，而面對改革銀坑守兵空吃軍餉和改革升科之弊等關乎整體政治的敏感痼疾時又陷入了深深的矛盾和羈絆之中。馮夢龍自身思想的矛盾性還表現在《壽寧待志》內容的安排上，如既宣揚男女平等的觀念，大張旗鼓地反對溺嬰，申訴重男輕女的陋習，又於《待志》中大量記載節婦，宣揚封建忠孝節義思想。我們知道年輕時候的馮夢龍欲「借男女之真情，發名教之偽藥」（《敘山歌》序）。又認為：「自來忠孝節烈之事，從道理上做者必勉強，從至情上出者必真切。……世儒但知理為情之範，孰知情為理之維乎？」（《情史》卷一「情貞類」總評）突破禮教的禁錮，大力倡導情教，謳歌男女愛情的自由和解放。但此時身為朝廷命官的馮夢龍在方志中所宣揚的卻是說教式的「忠孝節義」，違背了自己原來進步的理論訴求，完全又淪為一位傳統綱常倫理的兜售者。他的所謂「節婦」，和任何一部正統的地方志中所宣揚的貞潔觀並沒有兩樣。她們大都在丈夫死後以「自誓不嫁，立孤守節」，或「苦守不渝」，或「矢志撫孤」作為自我規範，追求所謂的「清白」，從而獲得傳統倫理的認同和旌揚。

在馮夢龍所認為的「孝子」中有名范廷暉者，年二十七歲，有兄弟四人，其居次。范父病危，范廷暉願以身代父死，於是在前一天晚上將自己的積蓄全部分給其他家人，又給妻女寫下遺書。第二天沐浴後前往城隍廟、馬仙宮、關聖廟禱祝，之後爬上城南的山頂，號天慟哭，最後吊死在一棵樹上。更荒誕的是馮夢龍詳細記錄了范父到陰曹地府後，閻王告之「『而有孝子，放回十四個月。』越十四日竟卒，始知幽府以日為月也」等語。諸生葉從大等將范廷暉事蹟呈於當道，「以滅性不可訓，弗獲旌」。而馮夢龍對此卻津津樂道，這些表現中的馮縣令與當年個性張揚、勇於衝破禮教綱常的馮夢龍已非一人了。

2.有關晚明社會狀況的史料

所謂晚明大致是指嘉靖中葉至明亡的這段時間，由於商業經濟的發展，傳統綱常倫理的破壞，拜金主義和享樂主義像蝗蟲一樣蠶食了帝國的每一塊心田。嘉靖皇帝長期沉迷道教丹術，後來的萬曆皇帝除了前期在張居正輔佐下還算勵精圖治外，在張死後更是二十幾年不理朝政，造成怠政狀態，使得國家處於癱瘓之中。這種狀況之下，上至皇帝，下至群臣都不以國事為念，而是私慾膨脹，以聚斂財物、貪圖享樂為能事。皇帝本人更是沉迷聲色犬馬，宮廷生活荒淫不堪。

上行下效，上層官僚體制的糜爛更是帶來了下層社會的動盪和風俗的敗壞，殺人越貨，姦淫擄掠，敲詐勒索，貪污受賄之風不絕，人間所有的罪惡在利欲的誘導下不斷閃爍在晚明的歷史鏡頭前。一個號稱禮儀之邦的文明古國，在這個時代她的傳統道德已被顛覆得體無完膚。與此同時，由於長期怠政所帶來的宦官專權，結黨營私，進一步觸發了內部體制的腐爛，再加上農民起義的摧枯拉朽和後金政權對明朝軍事活動的頻繁，在內憂外患之際，朱明王朝已處於風雨飄搖之中。

馮夢龍在《三言》中以相對過去其他作品而言較多的筆墨描寫到了商人及其商業活動，如《喻世明言》中的《蔣興哥重會珍珠衫》寫的是商人蔣興哥的婚姻遭遇，《醒世恆言》中的《施潤澤灘闕遇友》則在反映兩個小手工業者的愛情中大量描寫了新興市鎮的商業活動。這些雖然只是一種平常的生活現象，但在晚明時期卻反映出深刻的社會變革。中國數千年封建社會的統治都是立足於以農業為主的自給自足的自然經濟，「士農工商」的語序中就隱含了重農抑商、尊士輕賈的傳統觀念。農是本，商是末，從事商業活動就是捨本逐末，為士大夫所不齒。但明中葉以後，這種觀念受到了衝擊，新興市鎮的崛起，手工業、商業的發展，終於讓幾千年本分的中國人按捺不住金錢利益的誘惑，逐漸走上商業化的道路。馮夢龍一如創作「三言」等通俗文學作品一樣，在《壽寧待志》中也客觀地為我們記錄下了晚明社會相對突出的商業狀況。

壽寧位於福建省的東北部，地處鷲峰山系洞宮山脈東麓，地形以山地、丘陵為主。境內群山起伏疊翠，山地面積達一千一百六十七多平方公里。晚明時期儘管交通不便，與外界卻有商業往來。從馮夢龍的記錄中可以知道，壽寧世代「力本務農，山無曠土」，祖祖輩輩都以耕織傳家。但由於少數人開始獲得種苧的好處，頓時有許多人從事這一方面的生產經營。苧即麻，通稱苧麻，為多年生經濟作物，是這一時期閩浙邊界山區紡織業的主要原材料。農業的商業化所帶來的利潤直接促使了更多的人從事這種生產，苧農帶著自家種植的苧麻趨之若鶩地前往浙江的龍泉、慶元、雲和等地販賣。苧山又叫麻山，一年三熟，謂之「三季」，稍微富有的人會買下一座山來廣泛種植，家境貧困的則從事傭工掙取工錢，經濟狀況介於富與不富之間的則自耕其地。無力種植的會去指苧稱貸，待苧麻成熟出售後再來還款。如政和里十都三圖十甲「民半苧山，半耕田」，其數量已到了與水稻種植平分秋色的程度。在這種風氣下，人人爭相種麻，待苧麻成熟後又遠走他鄉出售，致使農田荒蕪。原來要上交的皇糧國稅，甚至連打官司的費用都只能等候苧麻的生意做成後才能交上。如果銷路不好，就會在外數年不歸；如果銷路暢通，又會攜家帶口住下繼續下一季度的買賣，時間長者有一二十年不歸的，這就造成了本地人口的銳減。與此同時，也引發了許多負面的效應，比如作奸犯科者在外犯事，也時常打著從事苧麻生意的幌子；苧農長期在外，房屋或為賊所盜竊，或為鄰里所侵佔，於是又引發出許多的官司來。儘管如此，據康熙版《壽寧縣志》記載，壽寧物產中有「苧布、麻布、機布、土葛布」等種類，可見清代壽寧的苧麻紡織業已經發展到一定的規模。《壽寧待志》中記載，除壽寧人到外地奔走外，外地商人也到壽寧經商。如南陽漁溪稍闊少石可通浙江泰順，從浙江來的鹽船常從此道往返；蘇杭一帶的真金扇在薦紳大家偶爾也能見到；由於廣植苧麻，布料以麻布為主，但「江右人市郡中細布，重繭而至，頗得善價」；壽寧山城，溪窄水淺，魚大者不過二三尺，如鰉魚、鯋魚、干鰻之類則從寧德等沿海地區而來。

由於土地兼併和商業風氣的薰染，晚明社會的市井遊民大量增多。這些人整天不務正業，遊手好閒，更加重了社會風氣的敗壞。馮夢龍曾在其編寫的《掛枝兒》卷九「謔部」中收錄有「十無賴語」：

好一幅行樂圖。◯邇年以來，風俗又異矣。余所聞有十無賴語，錄以志感云：「一無賴，網巾邊兒像腳帶。二無賴，做完巾後鐃一塊。三無賴，瑪瑙簪兒束銀帶。四無賴，一雙袖兒腳面蓋。五無賴，兩條魂幡做衣帶。六無賴，蹺了腳指鞋中耐。七無賴，排骨扇兒好躲債。八無賴，馬吊花園圖口賴。九無賴，無腔曲子賭色賽。十無賴，逢著小娘舍舍空口愛。」

「十無賴語」窮形盡相地寫盡了地痞無賴的行止和德性，他們既是社會的寄生蟲又是社會風俗的踐踏者。馮夢龍所處理的姜廷盛誣告案中的姜廷盛和「鑿鑿為證」的保家即是。馮夢龍覺察到了這批地痞無賴的危害性，特詳述此案於書中，使「令此地者當知之」。

社會風氣的腐化也侵蝕到了自我標榜遠離世俗的佛教淨地，三峰寺在設縣後為祝福之所，產業甚豐，在當時的犀溪、佛滐、萊坑、下馬莊、巡簡坑等地皆有田莊，達三百二十畝之多。萬曆間，有僧徒淫縱奢侈，乘馬到鄉下索租，佃戶為巴結僧人竟煮肉設饌款待，如此不夠，還買美婦以媚之，可見其財勢囂張之甚。

不僅風氣腐化，在晚明特定的社會背景下「盜匪」更是猖獗，其中也不排除官逼民反的農民起義。僅卷上《都圖》中就馮夢龍所知的各地民風民情而言，特別標明「民頑」、「拒捕」、「窩盜」、「為盜」的多達十餘處。「盜匪」盛行，作為朝廷必定傾力鎮壓，再加上用在遼東抗金的餉銀，每年花在軍事上的費用又攤派到地方，致使賦役沉重，民不聊生。僅就卷上《賦稅》馮夢龍所附「萬曆二十年後載入之數」而言，通過「加派」、「扣減」、「裁減」、「裁扣」、「借扣」等一系列手段，都是為了籌措餉銀，或「奉文為援遼餉銀萬分匱乏事」，或「奉文為嚴催新餉，以濟急需事」，或「助遼銀」，或「充餉銀」等等。僅崇禎元年和四年就分別加派三百一十六兩四錢九分和一百一十三兩四錢三分二厘，共四百廿九兩九錢一分二厘。其中所扣減的包括「存恤孤老夏衣」的費用「一兩五錢」，「造報朝覲須知紙札銀二兩」等，幾乎到了挖地三尺的程度。

3.有關壽寧的史料

方志具有區域性和資料性的特徵，《壽寧待志》是一部有關壽寧的書籍，是記載壽寧一地之事的縣志。這本身就意味著《壽寧待志》包含了晚明時期壽寧社會生活的方方面面，為後人瞭解晚明壽寧的整體狀況提供了直接生動的鄉土材料。

綜觀明代方志，對地理的相關內容都記載得相當充分，就《壽寧待志》而言，《疆域》追溯了壽寧的建置和饒有趣味的設縣故實。除了本章開頭所引壽寧與泰順爭界的傳說外，還流傳著朝廷設縣時曾打算割政和、福安、寧德三縣之地成之，但由於寧德籍的林聰在朝中位列公卿，暗地裏囑咐巡方使者「梓里一草一木毋動」。使者又示意道府，上下一氣，最後只割了政和、福安兩縣之地。《土田》更是以生動的筆觸刻畫出壽寧梯田耕作的實際情況。《都圖》的資料和對於物產民風的考察判定，也是細緻入微。

《城隘》介紹了壽寧縣城的地形特徵以及城池門樓的分佈情況，著重描述了其中的「三關十六隘」。如今的縣城依然囿於萬山之中，春夏兩季山色蒼翠欲滴，連綿的群山如起伏的綠浪掩映著城區高高矮矮的建築，使縣城倍增清涼。縣城由主幹街道勝利街、解放街和工業路連接而成，面積已數倍於前。明清兩代的城門大都已毀，只留下稍許痕跡。據縣民介紹，東門即現在的日升門，在蟾溪升平橋段北岸，尚存舊式土石結構建築，東南朝向，門額上鑲有楷書「日升門」石匾，為康熙六年邑令李滋生手跡；小東門又名「賓陽」，現名稱猶存，已演變為一細長小巷，小型商鋪林立，買賣興隆；南門又名「望豐」，地基已為居民樓所掩蓋，往西即以半月山為天然屏障；半月山之西即為西門，又名「懷勳」，即今西門橋蟾溪段再往上游一帶，西門橋又名永清橋、蟾西橋、西城橋，為木拱廊橋，始建於明正統十三年（一四四八），後不知毀於何故，明嘉靖二十四年移址改建於城內，兩岸橋頭與城牆相接，成為一座少見的護城橋，遂知此處即為西門附近。解放後毀於洪水，一九八四年改建為石拱橋，又於二〇〇七年採用鋼筋混凝土結構，繼承木拱廊橋風格於橋面上建起廊厝，仍名為「蟾西橋」。當時的縣城以此面積而言，確是形如釜底。「三關十六隘」皆是軍事要塞，基於壽寧乃「兩省之甌脫，而五界之門戶」而設。隨著歷史車輪的前行，建國後由於公路的開通，原先的關隘慢慢逝去了往日行人匆忙的身影，遁入歷史的空濛。如今蔓草滋長，石板斑駁，古色古香的關隘成了許多旅行者嚮往的地方。

古代方志注重「資政」功能，所以對於政治內容的記錄就顯得特別豐富，多散見於各類之中。通過《縣治》、《學宮》我們可以知道明朝的縣衙按照規制應該包括儀門、儀仗庫、黃冊庫、監獄、縣令私署、學宮、櫺星門、泮池、名宦祠、鄉賢祠等部分。《官司》中記錄了萬曆後壽寧各類官員的調任情況等。《升科》、《賦稅》、《積貯》、《兵壯》、《獄訟》、《鹽法》、《里役》等如實記錄了晚明在壽寧實行的一系列政治制度和法規，這些是政治生活中不可或缺的部分。

教育的內容主要保存在《貢舉》、《學宮》、《官司》、《坊表》等類目中。《貢舉》載錄壽寧科舉情況，此一階段以貢生為主，「科第未聞」。《學宮》介紹官學場所，值馮夢龍與教諭廖燦，訓導呂元英同事，遂留意作興，籌款修繕。《官司》中有這一時期縣學教諭、訓導的人員名單。《坊表》中的狀元坊和登科坊是對取得科舉成就士子的表彰。

《戶口》、《賦稅》、《恩典》、《積貯》、《鹽法》、《物產》中的內容對晚明壽寧的戶數人口、田賦徭役、糧食儲備、物產收成等經濟狀況做了詳細記載。據崇禎四年統計的壽寧戶數為二千七百一十六戶，人口才一萬一千九百三十二人。原來的苛捐雜稅已經負擔不起，再加上災年的歉收更是加重了貧窮。馮夢龍企圖用一長串的資料向上司說明壽寧民生的疾苦和壽寧縣令的難為，「冀當路稍垂憐於萬一」。《物產》的記載讓我們知道壽寧的茶、香菇等當前最具特色的主要農業經濟作物在晚明時期就已初見端倪。當時菇類頗多，以南陽漁溪的朱菇最佳，小者更妙，味道鮮美，而香菇多出自當時隸屬古田的官臺山。隸屬壽寧縣犀溪鄉的仙峰村現存建於一九四九年的吳三宮，此宮是為了紀念宋代浙江省慶元縣發明人工種植香菇的吳三公而建的。從這種民俗的信仰中我們可以看出在相當一段歷史時期內壽寧都有從事香菇的生產。政和里七都一圖十甲住三頂橋，二圖三甲住初壟、十甲住葡萄洋村即今平溪鄉一帶出「細茶」，現在茶葉是壽寧的支柱產業，幾乎村村種茶，人人說茶。壽寧茶葉有兩個品系，二十多個品種。近幾年壽寧提出建設閩浙邊界生態型新茶鄉的戰略構想，從品種改造、擴大外銷等途徑，進一步做大做強壽寧茶的品牌和市場。

《壽寧待志》中最生動的還要屬有關晚明壽寧日常社會生活的記錄，極具地域特色的風土、習俗、人文、歷史在大通俗文學家馮夢龍的筆下躍然紙上。這些主要分佈在《香火》、《風俗》、《歲時》、《物產》、《佛宇》等類目中。

對於壽寧人的性格馮夢龍有兩方面的評價，一方面他認為由於壽寧「山險而逼，水狹而迅，人感其氣以生」的緣故，所以這裏的人「性悍而量窄，雖錐刀之細，骨肉至戚死不相讓」，又「不知法律，以氣相食，凌弱蔑寡，習為固然」。對於人丁興旺的望族，異姓均躲之唯恐不急，深怕對方人多勢眾，因此遭來不必要的是非。更甚者入山為匪，與官府持兵相抗，雖已就縛，還結集親黨糾眾行劫。另一方面山中「樸茂良民，課租自飽，有白首不入城市、不睹冠蓋」的，世代務農為生，「男耕女績」，勤儉持家。《都圖》中標明「民淳」的占大多數，皆是淳樸自勵的良民。

據《壽寧待志》記載，每月的初一和十五，有司都要進香事神，首先是文廟，次則城隍廟，再則馬仙廟，最後是關廟。在這些地方的跪拜禮數也沾染上了人間森嚴的等級制度，以上四處平時須各行四拜禮，而土地祠僅二拜禮即可。關聖生辰日有司必須行躬拜大禮，這種禮節在馮夢龍到任前已經相沿很久了。除了官府按期事神外，民間佞佛男奉三官，女奉觀音。而馬仙為地方特色信仰，不問男女皆虔誠奉祀。馬仙俗名馬五娘，建安（今建甌）將相里人（一說江南秀州華亭縣人，五代天福五年生）。出嫁僅一年丈夫就去世，立誓決不再嫁。家境貧困，出入常赤腳。婆婆年老悉心侍奉，以紡績補給家用。一日，欲渡溪，正值溪水暴漲，於是仰傘水面，乘之以渡河，見者大異。每跟人言：「我非世人，俟姑天年，即當去矣。」時值天旱，鄉人用車馬迎接請祈雨，果下。在其婆婆去世後白日飛天。馬仙建州一帶信奉的人很多，而以壽寧為盛，凡是水旱災害無不祭拜祈禱。六月十六日是馬仙神誕，由縣官主持祭典，鄉里聚斂祭祀物品為迎仙社月，推舉一人為「仙首」，從十二日迎馬仙出宮，一日兩齋，鼓吹徹夜，好不熱鬧。如此三日，城中結束則往鄉下，再過兩日才迎回宮中。鄉下亦有社首，或於八月收成之日開展，視情況而定。馬仙宮位於東門外，解放後馬仙宮被毀，鄉民將馬仙移至仙宮橋（原名玉帶橋，為木拱廊橋），後來的祭典都在橋上舉行。現在祭祀馬仙的時間已不是六月十六日，而是改為正月元宵節，並與境內清醮道場法會結合，規模更勝。六月十六日雖沒有大規模的活動，但仍有小型法會，祈福禳災。

縣民對佛事十分熱心，會多方籌集善款以修建場所，僅據萬曆《壽寧縣志》記載當時就有寺廟四座、庵四十四座、堂五座之多，其中以三峰寺規模最勝。崇禎九年，鄉民柳桂八等合詞以請求營建關廟，馮夢龍也樂於稍佐俸資以促其成。

壽寧縣城狹小如彈丸，東南相距不足半里，舉足可周。當地有順口溜道：「小小壽寧縣，一爿洗髮店，街頭刮鬍子，街尾聽得見。」所以據《壽寧待志》記載，在城內絕少肩輿之類，鄉紳到縣衙拜會縣令或赴賓朋宴會也大都步行前往，即使出遠門也只乘坐簡陋的便轎、暖輿之類。所畜僮僕不多，或荷鋤下地，或上山打柴，絕沒有穿長衫倚門而侍的。用扇也有分別，在縉紳之家偶爾可以見到蘇杭一帶的真金扇，但不輕易隨便使用，詩畫扇、熏金扇只有生童和吏書能用，坊間多用本省畫花白扇，差役下人只用銅箔油扇。時果稀少，大戶人家設宴都以蒸餅、糖食為主，民間三餐以米飯為主。喜歡吃大米做的線粉，賣的也最多，貧苦人家就乾脆一整天都吃線粉，以圖方便節省。民間家裏多養豬，平日裏可以在房屋內來回奔跑，門外設有木櫃為豬臥室，米賤價時餵以飯，平日多用茹草。鵝少，雞、鴨俱瘦，以豬肉最多，燕窩、西施舌、江瑤柱即使在大戶人家也少見到。壽寧山城，空山冷澗易生寒氣，所以人多飲酒禦寒，酒有紅、白兩種，多用粳米釀造。冬天釀的酒可以長存，其他則味薄易酸，而壽寧醋又最佳，亦分紅、黃兩種。男女衣服微分長短，領口的邊飾也沒有區別，不同的地方在於男子必穿無襠的套褲，而女子出嫁後就不這樣穿，寒則添裙，多者有備下三、四條的。男子不分長幼，都不穿涼燠，只是用一塊布兜住胃部，以防寒氣。更有婦人在酷熱的夏季袒胸露乳，馮夢龍對此表示難以理解。小兒才幾歲就為蓄髮，成人在家常不戴帽，更有不裹頭巾的。儒生在路上也短衫露頂，相互間也並不詫異。馮夢龍家鄉人來信問壽寧人長得什麼樣，他回答：「壽人甚易識，比他處人不過多一個肚兜，少一頂帽子耳！」詼諧幽默，妙趣橫生。

一年當中，元旦賀歲設酒食瓜果於門，大戶人家則設於大堂之上，有客來訪即獻上茶酒。由於元宵以前大戶例不開倉，所以鄉村小戶必須提前備下半月的糧食。過年三日內都在家款待親朋，路上絕無人跡可尋，有事出門也不獨行。為迎春，「居民好事者亦裝一二臺閣」，籌辦演出，既沒有專業的演員，也沒有特別的裝飾，只是自娛自樂、活躍氣氛而已。元宵節正街有燈，直達城外。一年中端午節和中秋節最盛，端午節在五月初五前一天就過。相傳明初有一年的端午節官兵與縣民爭豬肉，致使相互廝殺，所以民間為了避免悲劇重演提前一日過節，可以想見中國老百姓的老實忠厚和忍耐程度。因溪水淺而多石，故沒有龍舟競賽的節目。中秋節每家每戶必食魚，即使是貧困人家沒錢典當衣物也要買上一塊，為過節需要。十五日後市場絕無貨，想買都買不到。重陽節在家，不登高。冬至日，民間不以為節日，只有縉紳會到縣衙稱賀，縣令預備下頭腦酒款待。除夕之夜邀請親戚到家中會飲，燔柴、放炮，百姓徹夜不眠，等等。

說到地方戲曲不得不提壽寧現存的古戲臺和聞名遐邇的四平傀儡戲以及號稱戲曲國寶的北路戲。

壽寧境內人口較多的村莊或較為發達的旺族大都建有祠堂，而戲臺則是多數祠堂的重要組成部分。除了祠堂的戲臺外，供奉神祇的宮廟以及村中各姓用以議事的官廳、眾廳，以及橋頭等一些露天場所也都建有或臨時搭建有戲臺。現存較早的古戲臺有建於康熙八年（一六六九）的清源鄉岱陽村吳氏宗祠戲臺、康熙四十一年（一七〇二）的犀溪鄉犀溪村葉氏宗祠戲臺、乾隆五十七年（一七九二）的犀溪鄉西浦村繆氏宗祠（南陽祠）戲臺、乾隆六十年（一七九一）鳳陽鄉鳳陽村臨水分宮戲臺等。較晚修建的如大安鄉大安村范氏祠堂戲臺，始建於民國六年（一九一七）；斜灘鎮獎祿村葫蘆門橋戲臺，建於民國三十四年（一九四五），都是具有很長歷史的古蹟。據統計，壽寧現存古戲臺共有十六座之多，大多保存完整，偶爾在祠堂祭祀中還會有演出。戲臺設計也頗講究，上部大都設有鬥八藻井，在這些藻井的斗拱和柱頭上或精雕細刻以物像，或繪以三國、封神演義等戲曲故事的精美圖畫，手工精緻，栩栩如生。屋頂為重簷歇山式，飛簷舒卷，氣派非凡。戲臺前左右兩廊為觀眾觀看演出的地方，多為二層設計，也有少許一層的。出於人性化考慮，鳳陽官田戲臺的兩廊在設計時還有意保持一定從低到高的斜度。戲臺也多有護欄，以防演員跌下受傷。在台前木柱和護欄上為了美觀大方還張貼描寫戲曲人生的對聯或綴以木雕花紋，營造一種濃烈的文化藝術氛圍。在戲臺的廊道、牆壁、樑柱等地方還保存有建造戲臺時相關情況的記錄和每次演出後班主、演員留下的筆墨，這些都是地方戲曲很珍貴的原始資料。

馮夢龍在《壽寧待志》卷上《風俗》篇中對壽寧的戲曲活動有更為詳細的記載：

西溪人多習戲，然力不能具行頭，多往浙合班。大家有慶喜，好事者則於福安迎之，演戲纏頭俱出客席，主人但具餐而已。民間醵飲，演一二齣不佳，即換別本。一忤眾目，瓦礫相贈，故至亦無終月淹者。

西溪即今犀溪鄉西浦村，當時「人多習戲」，但由於無經濟實力置辦行頭，只能前往浙江溫州一帶與人搭班。壽寧的大戶人家有喜事，好事者則前往福安邀請戲班，演戲的費用可以由在座的客人分擔，主人家只要準備餐飲就行。平時大家聚在一起喝酒，如果演了一、二齣不好，即要換戲，對於實在不好看的戲就會向臺上亂扔瓦礫，所以沒有一個戲班能夠持續演出達一個月時間的。這其實真實地描繪了晚明時期壽寧地方的戲曲演出情況。據從事福建地方戲研究的學者葉明生根據當時四平傀儡班的遺存情況分析，認為當時演出的應該是明中葉盛行於南京等江南地區的四平戲。四平戲是指以四平聲腔演唱的一種戲曲聲腔劇種，當時為真人演出，現在在壽寧保存下來的是以四平腔來演唱的傀儡戲，稱為「四平傀儡戲」。

傀儡戲約在元末明初傳入壽寧，相傳最早由浙江的景寧縣大化村傳入壽寧的岱陽鄉烏石嶺村。該村韋姓原籍景寧縣大化村，遷入壽寧後世代相傳傀儡戲，其傳師達九人之多，在各個時期都被公認為是閩東地區傀儡壇的傳師，其創始壇名為「興旺壇」，以演出《奶娘傳》和《華光傳》為主，歷數百年而不衰。後來傀儡戲在壽寧不斷傳與外姓，遂成規模，至今已有六百多年歷史。據統計，現在壽寧境內仍有二十多個傀儡戲班，隨著受到社會和學術界越來越多的重視，地方也正在著手為這些戲班尋求更好的出路，以保護民族的文化遺產。

壽寧的地方戲中「北路戲」近年來尤為受到國內外學者的關注，是現存重要的稀有劇種，被稱為戲曲活化石。北路戲是我國清初形成於北方的亂彈腔，傳入南方與安徽、浙江等地民間戲曲相融合後，於乾隆年間開始流傳於閩東各地的地方戲劇種，現為全國有影響的稀有劇種之一。鳳陽鄉的廷加洋村為壽寧北路戲的發祥地，該村早在嘉慶年間的朱金錭就已經開始學戲，在清末有著名的「蕭向同班」聞名於閩東地區，經常於正月的陳靖姑神誕和三月二十三日媽祖神誕在各地演出，反響強烈。據史料發現，同治年間演出劇目有《奇逢》、《走雨》等南戲四平腔《拜月記》中的摺子，《蘇武歸漢》為四平戲的全本，《接銀》為北路戲《玉堂春》的摺子等十幾種。上個世紀六十年代縣北路戲劇團編演現代戲《張高謙》，參加全省第三屆現代戲匯演，並赴江西、湖南等地演出，轟動一時。二〇〇五年經福建省非物質文化遺產專家評審委員會評審，並報國務院批准，於二〇〇六年入選首批國家級非物質文化遺產代表作名錄。

馮夢龍《戴清亭》詩有云：「縣在翠微處，浮家似錦棚。」除了點明壽寧多山，山上樹多的地理特徵外，還指出了壽寧民居的特點。壽寧民居取材於山，立屋頗省。因少有嚴寒，所以主要按夏季氣候條件設計建造。民居大多以懸山式屋頂為主，也有少數因受沿海建築風格影響而採用硬山式。整體建築以使用木料、黏土、磚石等地方常見的材料為主。壽寧土壤多黃、紅壤，黏性好，非常適合夯實成牆，故而民居城牆多以土牆為主，經濟條件較好的也用青磚。福建盛產石料，但壽寧民居只在圍牆的基石等勒腳以下和外牆的基礎部位，以及大門的護欄、門檻等處使用。建築用木以杉木為主，有成材快、樹幹直、重量輕、結構性能好的優點。木質成分中還含有一種叫做「杉腦」的防蛀蟲物質，是天然的防蛀材料。木板不施油漆，暴露木質的天然紋理，據學者研究認為，這樣的清水杉木面比任何油漆塗料都更耐久實用，天然的紋理也古樸美觀。這樣的民居點綴在壽寧獨特的群山之間。

馮夢龍以他的筆記錄下了壽寧社會生活的點滴，一幅三百七十多年前充滿鄉土氣息的畫面平鋪在我們的眼前。絕大多數的景象直到今天依然可見，所以讀來尤為真切。

《壽寧待志》的價值還直接體現在為一九九二年新版《壽寧縣志》的編寫提供了明代豐富的史料。據參與新版《壽寧縣志》編纂工作的葉于潤先生介紹，為了溯源，除引用明嘉靖二十年出版的《建寧府志》外，有關明代的的主要史料均採自《壽寧待志》。如新版《壽寧縣志》建置卷中的明代行政區劃就是依據《壽寧待志》·《都圖》篇加以整理的。還有《壽寧待志》物產篇、都圖篇中各甲圖民的職業、各村的主要產品，戶口篇、賦稅篇、積貯篇、城隘篇、風俗篇、歲時篇等的相關記載，都為新版《壽寧縣志》的農業、林業、工業、商業以及人口、財稅、軍事、風俗等卷，提供了可貴的資料。在此順便糾正一種說法，即一般認為馮夢龍的《壽寧待志》為康熙版《壽寧縣志》的編撰提供史料，產生了影響。但據筆者考察認為，此說不確。趙廷璣等在修纂《壽寧縣志》時並沒有見到《壽寧待志》，這也正是趙廷璣序言中只說「自戴公纂修以後，及今數十餘年，其間缺略已多，荒迷殆甚」而獨不提《壽寧待志》的原因。

我們發現，在《壽寧待志》中也存在一些史實上的訛誤，故在此稍加辨正。《疆域》中引入林聰一段故實，其中有關「寧德林莊敏公聰，時為大司寇」的官職錯誤，福建人民出版社版《壽寧待志》的校點者陳煜奎已經做了糾正。經查乾隆四十年《寧德縣志》略云林聰的仕途，於正統三年進士，八年拜刑科給事中，景泰元年轉都給事中。後因議迎立英宗事為代宗嫌，遷春坊司直郎，尋復吏科給事中，至成化八年始任刑部尚書。所以終景泰帝一朝的官職並不是所稱「大司寇」的刑部尚書。

《疆域》又載：「又傳，浙之景寧、泰順、慶元與閩之福寧（按：應是壽寧之誤）四縣並設於景泰之七年，為『景泰慶壽』四字。」其中有關壽寧的建縣時間有誤，不是景泰七年，而是景泰六年。以現存文獻來看，最早記載為景泰六年的是《明史》卷四十五：「景泰六年八月以政和縣楊梅村（即今縣城鼇陽鎮）置，析福安縣地益之。」後來的《壽寧縣志》、《福建通志》、《欽定續通典》皆從之，應該可信。而查《明史紀事本末》卷三十一：「景帝景泰……二年秋七月，鎮守浙江福建侍郎孫原貞以處州盜平，奏析麗水、青田二縣，置雲和、宣平、景寧三縣；福建置永安、壽寧二縣，從之。」時間上就又與上文不同。查《明史》卷一百七十二「列傳」第六十：「景泰元年，原貞進兵擣賊巢，俘斬首賊陶得二等，招撫三千六百餘人，追還被掠男女。捷聞璽書獎勵，請奔喪，踰月還鎮，復分兵剿平餘寇。奏析里安地增置泰順；析麗水、青田二縣地置雲和、宣平、景平三邑，建官置戍，盜患遂息，論功進秩一等。」並不提福建置永安、壽寧二縣之事，不知何者為是？據《壽寧待志》所云，壽寧設縣是出於為景泰帝慶壽而設，此說就不免以偏蓋全。據康熙《壽寧縣志・疆域》云：「初，境內有銀坑數處，流民竊採，往往嘯聚為盜，阻山倚谷，不可服制。有鄭懷茂者，正統末擁眾數千，據官臺山作亂。摽掠旁縣，民不聊生。時都御使劉公廣衡檄按察副使沈公訥，以兵討之。……沈親冒矢石督戰，遂破之。議者謂地勢險遠，非置邑控制，無以靖後。劉善其計，請於朝，析政和東北里及福安平溪等里為縣，治楊梅村……」壽寧之建縣原來是沈訥在平鄭懷茂之亂後，劉廣衡向朝廷上奏置的結果。所以《壽寧待志》卷上《學宮》中仍有名宦祠中「劉都統，沈廉察平寇有功，特建報祠外」的記載。綜上所述，孫原貞平浙江之寇與沈訥、劉廣衡平福建壽寧之寇，一前一後，想來是由於兩處寇亂地點相近，而把兩件事雜糅在一處來說，所以應該是《明史紀事本末》的編者把兩件事混為一談。

又，《升科》所引「水無涓滴不為用，山任崔嵬也要耕」，陳煜奎查宋方勺《泊宅編》卷中，引朱行中知泉州詩為「水無涓滴不為用，山到崔嵬盡力耕」，有二字之差。筆者又查文淵閣《四庫全書》本《福建通志》卷九作「水無涓滴不為用，山到崔嵬猶力耕」，當是版本差異，亦附於此。

《壽寧待志》卷下《貢舉》馮夢龍記：「壽自天順己卯姜英而後，科第未聞，可志者貢耳。」此處有缺。在姜英後，姜英之子姜禮於正德十一年（一五一六）亦中舉人。姜禮字用和，曾任廣西梧州府通判。兩人成為明代壽寧士子中取得最高成績的人，父子先後舉人亦是一段佳話。想是馮夢龍因手頭資料匱乏而遺漏了。

（五）《壽寧待志》在中國方志史上的獨特性和意義

《壽寧待志》是文人之志，既有其缺陷，也有其他地方志所不具有的特徵和優點。清中葉史學大家章學誠認為，方志「大抵有文人之書、學人之書、辭人之書、說家之書、史家之書，惟史家為得其正宗」（章學誠《報廣濟黃大尹論修志書》，見《章氏遺書》卷十四）。章氏強調「志屬信史」，提出「文人不可修志」的命題，但未免偏頗。文人之志中也不乏佳作，如袁康的《越絕書》、陸游的《嘉泰會稽志》、范成大的《吳郡志》等。明代方志所取得的成就遠甚於宋元，但百年後一直受到清人的非議與責難。認為「明人鮮知史學，故於志分三等義例，須作三家分別，全未知也。」（章學誠《方志辨體》，見《章氏遺書》卷十四）應該說，就學問而言，明人要遠遜於清人的乾嘉樸學，這是事實。所以方志學者認為明人志書普遍存在三點弊端：「一是文人習氣，二是昧於史法，三是繁簡失度。」（黃葦等著《方志學》，復旦大學出版社一九九三年六月版，第二〇一頁）但也不可否認，在文人參與修纂的明代地方志中也不乏佳作，如康海撰的《武功縣志》、祝允明纂的《興寧縣志》、王鏊纂的《姑蘇志》、陳繼儒纂的《松江府志》及馮夢龍的《壽寧待志》等。「這些志書敘述明晰，文筆流暢，素稱名志。」（黃葦等著《方志學》，復旦大學出版社一九九三年六月版，第二〇二頁）

馮夢龍的《壽寧待志》對於以上三點弊端或有拘囿，但它的獨特性更加明顯，現歸納如下：

其一，《壽寧待志》較之同時期的其他方志更具嚴謹性。《壽寧待志》為斷代之志，又區別於普通的續志名之為「待志」，以謹慎負責的修志態度別創一體，使人耳目一新。而《壽寧待志》所列之欄目多數具體而微，如「恩典」、「兵壯」、「坊表」、「虎暴」等均是一事就單獨設一個欄目。此為《壽寧待志》之第一大特點。

其二，《壽寧待志》為文人獨立修纂之志，多有描述，文辭形象生動，具有鮮明的文學性。這一點是由馮夢龍通俗文學家的身份決定的，使得《壽寧待志》成為一部充滿鄉土趣味，文學氣息濃厚，可讀性極強的地方志著作。清人批評明代文人之志刻意追求文采，鋪陳辭藻，浮薄草率，但《壽寧待志》的行文敘述明晰，文筆流暢，語言準確而不失形象生動。如《城隘》中概括壽寧縣城「城囿萬山之中，形如釜底」，就十分貼切；《兵壯》中描寫壽寧山城「危峰幽壑，一望林莽，落落村煙，點綴其間，前後左右，叫呼不相應」。用如詩畫般的語言將壽寧的人文地理特徵用白描手法準確地描繪出來。《壽寧待志》在文獻莫徵的前提下引入許多的傳說故事也為本書增添了不少可讀性，如《香火》中對於馬仙信仰的傳說做了充分的介紹，極具民俗學的價值。

其三，《壽寧待志》中大量篇幅記錄馮夢龍宦遊壽寧的政績和行跡，偏重於記載與自己任上有關的事情，又多夾評論，具有很強的主觀性和自傳性色彩。《壽寧待志》明顯的自傳性已為大多數學者所認同，它為我們瞭解馮夢龍的施政活動和仕途期間的思想狀態提供了最直接的資料。可以說《壽寧待志》是馮夢龍一生追求功名、立志報國的濃縮和結晶。方志一般以第三人稱敘述，但《壽寧待志》卻以第一人稱的敘述角度，將自己的所見所感納入筆端，非常具有自傳體文學的特徵。方志的體裁要求「述而不作」，但《壽寧待志》卻多發議論，以表達作者馮夢龍強烈的個人看法。如《升科》中的議論表達了自己對此弊政的不滿，同時也反應出馮夢龍內心的激烈矛盾。《官司》中的按語表達了對前任知縣的或推崇，或惋惜。最受馮夢龍推崇的是江西人戴鏜，在《壽寧待志》中反覆提及戴鏜的施政惠民之舉，稱讚他為「卓哉能者！不但循良而已」。對於兩位出色的縣令方可正的離任和周良翰的解任表示了自己的同情和惋惜。

其四，《壽寧待志》的內容多為馮夢龍親身經歷和親自考察的記錄，對於有疑問的事情注意調查研究，確保了本志內容的實錄精神。馮夢龍是通俗文學家，曾經編寫過《掛枝兒》、《山歌》等民歌作品集，採風問俗是他的生活習慣和寫作特長。他能夠對全縣行政區域二十二圖、二百二十甲的地理位置、土風民情、糧食生產、物產資源等做出有針對性的概括，能夠對風俗和節日的細節做具體細微的描述，如果沒有融入到壽寧民眾的生活中這些是難以做到的。對於那些不明情況的問題他也會通過諮詢或者親自探訪得出正確的結論，如《城隘》中對鄉間父老所言「向有北門在東北角，多鬼，市民病之，因塞北而別開小東」

一事在進行了進一步的調查後才知道，是因為當年倭亂時居民避此慘遭屠戮後在民眾心理所留下的恐懼和創傷造成的。而通過親自勘察所斷定的姜廷盛誣告案更可看出馮夢龍的事必躬親。

其五，《壽寧待志》可視為馮夢龍的施政方略，注重方志的實用性，並企圖留與後任以有益於資政。在小引中馮夢龍就表明了「以待其人」的期許和「往不識無以信今，今不識何以喻後」的修志目的。著重提出自己「做一分亦是一分功業，寬一分亦是一分恩惠」的為官心態，以及「險其走集，可使無寇；寬其賦役，可使無饑；省其讞牘，可使無訟」的施政綱領。時常告誡後任「壽令可為而不可為」之事，並備載官員姓名，「俾為今者努力自強，亦冀居上者憐僻吏之清苦，而稍垂矜恤」。真可謂用心良苦，夫子循循然善誘焉。這一點我們還可以結合《智囊》，從馮夢龍修纂《壽寧待志》的動機中加以側面論證。《智囊》察智部「詰奸」卷「周文襄」條記載了周忱「巡撫江南，有一冊曆，自記日行事，纖悉不遺。」這一「冊曆」無所不記，就是「每日陰晴風雨，亦必詳記」，在周忱的施政中發揮了很大的實際作用。而馮夢龍認為，周忱的做法「亦有所本」，效仿的應是蔣穎叔為江淮發運時備記風向逆轉以監督行船快慢的做法。馮夢龍修纂《壽寧待志》應該也是對蔣、周做法的模仿，通過《壽寧待志》指導未來政治措施的實施，《壽寧待志》確是馮夢龍在壽寧的施政方略。

綜上所述，《壽寧待志》是馮夢龍諸多著述中最特別的一種，也是兩千多種地方志中相對較為獨特的一部文人縣志。正因為它的獨特性才為越來越多的世人所關注，相信它的價值還會得到更深入的挖掘。

二、創作傳奇《萬事足》

馮夢龍作為一位戲曲家被認同的貢獻主要在於更定了許多種他人的作品，並在相關論述中提出了自己的諸多戲曲理論。而他自己創作的作品《雙雄記》和《萬事足》卻一直受到貶低，甚至有論者認為「就他本人的作品而論，沒有一種可以當之無愧地居於第一流之列」（徐朔方《馮夢龍年譜引論》，出自徐朔方著《晚明曲家年譜》第一卷，浙江古籍出版社一九九三年十二月版，第三九三頁）。我們並不想徹底否認這種看法，只是認為不應該因為這樣的言論而去完全否定馮夢龍的自創作品。正如聶傳生認為的那樣，《雙雄記》和《萬事足》「與其他作品相比，算不得上乘之作，思想內容較為陳舊而帶腐氣，表現手法基本上也無稱道之處。但在明末左派心學蓬勃發展之時，馮夢龍創作出這樣兩部傳奇，與他更定的傳奇一樣，適應了普通民眾的審美需求，代表了當時俗文學的發展方向」（聶傳生著《馮夢龍研究》，學林出版社二〇〇二年十二月版，第一七八頁）。這種認識是實事求是的，較為中肯客觀地評價了此兩劇的價值和意義。因《萬事足》創作於馮夢龍壽寧任上，現就著重對《萬事足》做較為全面的分析與評價。

（一）故事梗概

江西泰和人陳循與江蘇興化人高穀，兩人一同受教於名宿周約文門下，其時兩人皆已成婚，均年已三十而尚未得子。

陳妻梅氏賢良淑德，夫妻二人夫唱婦隨，相敬如賓。梅氏婚後無子，每欲為夫娶妾，因陳執意不從，只得作罷。一日，梅氏花二十兩買得貧女竇玉兒，就主動在陳循赴鄉試前夜設計將其灌醉，為玉兒促成好事。鄉試後陳循高中解元，衣錦還鄉。此時，玉兒生下一子，陳卻懷疑非己所生，遲遲不認。梅氏百般無奈，只得夜禱明心。此一番赤誠之心終為丈夫所了，夫婦於是重歸於好，認子團圓。

高穀也因要趕回江南應試，遂辭別師友還鄉。其路經安慶地面時，恰逢村野愚民以童女柳新鶯為供品，欲將其獻給妖精獨腳大王為妻。高穀路見不平，拔刀相助，救出柳新鶯。新鶯為報答救命之恩，甘願以身相許，高穀因畏懼悍妻邳氏顧慮難決，後依家奴高科之言，於前村尋了個僻靜旅館，成就了姻緣。出於趕考不便攜帶女眷的緣故，高穀決意暫且將柳新鶯寄居在流雲觀中，並以衫襟題詩為表記。後柳新鶯生下一子，自己卻被一胡員外相中，糾纏不清。

會試中主考官係江西人，為避嫌竟將陳循點為第二，卻不料陳循在殿試中一舉得魁，高中狀元。高穀則為探花，另一好友顧愈中第三甲第一名。三人跨馬遊街，一舉成名而天下皆知。

高中後，陳、高派差官將各自家眷迎到京城，只有那柳新鶯因高穀懼內，仍舊留在流雲觀中。那胡員外賊心不改，意欲娶柳新鶯為妻，但柳氏堅守貞操，不為所迫。胡員外狗急跳牆，以受下聘禮卻又悔嫁為由，將柳新鶯告到官府。恰巧顧愈被選為安慶推官，接了這宗案子。審理中得知此女子竟是同窗年嫂，於是懲處了胡員外，並將柳新鶯母子安頓停當。

高穀仕途得意，只柳新鶯一事耿耿於懷。為了不使「空門冷落誤如花」，在不知柳氏產子的情況下，決定派高科送去決絕書，並白金百兩。高科出於對高穀的忠心，對主子無嗣心有不甘，決計向邳氏進諫，不料邳氏醋意大發，把高科罵了個狗血噴頭，把他趕出了家門。高穀無計可施，只得命高科前往探視柳氏，並捎去書信，令其別選良姻。高科到安慶後，從顧愈口中得知實情，為柳氏忠貞所感動，並未將書信轉交柳氏。

中元佳節，高穀宴請陳循，較棋玩月。兩人都已榮升學士，又是同年密友，情誼深厚，遂成通家至契。觥籌交錯間，陳循談起兩小兒毀名畫一事，不禁勾起高穀無子之痛。陳循因此力勸高穀治妾，不想惹得邳氏撒野潑辣。陳循受邳氏辱罵不過，惱羞成怒，直至強力干涉，並出以「七出」之條相威脅，邳氏這才羞愧難當，被迫讓步。

顧愈安慶府推官六年考滿，將赴京升任吏科給事中。起程之日，攜柳氏母子同船北上。前因陳循治妒，京都哄傳，以為新聞。顧愈聞之，欲借此促成美事。到日，正值重陽佳節，便置酒誠邀陳、高聚首。席上令賞菊唱和，趁機出高穀所題衫襟之詩以試探，不想勾起高穀許多酸楚。顧愈道明實情，引出柳氏母子，高穀終於得以與柳氏再度相會，此時柳氏所生之子也已經七歲，一家人終得歡喜團圓，破涕為笑。

正所謂家和萬事興，陳循、高穀最終同升宰輔，陳又進階太傅，高則進階少傅，並加封三代。梅氏、邳氏俱封一品夫人，竇氏、柳氏俱封淑人。陳循之子陳鳳儀、陳鳳羽，高穀之子高鳳毛皆因「家學夙有淵源，國寶應登廊廟」，各欽賜進士出身，免其應試，送入翰林院，選庶起士讀書，以期大用。真是榮封三代，恩及滿門，人生至此，萬事足矣。

（二）本事探源

據陸樹侖先生《馮夢龍研究》考證，經馮夢龍更定的傳奇達十九種。其中《雙雄記》和《萬事足》是《墨憨齋定本傳奇》中能夠確定為馮夢龍創作的僅有的兩部，其他均為經他更定的他人作品。《雙雄記》創作於早年，曾受到沈璟的讚賞，而《萬事足》據下場詩中的兩句「山城公署喜清閒，戲把新詞信手編」可知，當創作於馮夢龍壽寧知縣任上。兩部作品皆以事實為依據，再敷衍成劇。特別是《萬事足》，除有事實為依據外，因是馮夢龍據舊本《萬全記》「緣飾情節而文之」，從而改變了原來「詞多鄙俚，調復不叶」的缺點（《萬事足》總評，見黃文暘《曲海總目提要》卷九）。《萬全記》已佚，亦不知撰者姓名。祁彪佳《遠山堂曲品》著錄，歸於「具品」，其云：「傳陳相國循、高相國穀，掇拾遺事，至於不經。此等識見，欲以作者自命，難矣。」看來祁彪佳對《萬全記》的評價是偏低的，以此可為旁證，進一步證實黃文暘《曲海總目提要》中的論述。而馮夢龍對於《萬全記》的利用，已不再是簡單的更定，難怪《萬事足》歷來被學界認為是馮夢龍的自創作品。

陳循、高穀實有其人，傳記分見於《明史》卷一百六十八和一百六十九：

陳循，字德遵，泰和人。永樂十三年進士第一，授翰林修撰。習朝廷典故。帝幸北京，命取祕閣書詣行在，遂留侍焉。

洪熙元年進侍講。宣德初，受命直南宮，日承顧問。賜第玉河橋西，巡幸未嘗不從。進侍講學士。正統元年兼經筵官。久之，進翰林院學士。九年入文淵閣，典機務。

初，廷議天下吏民建言章奏，皆三楊主之。至是榮、士奇已卒，循及曹鼐、馬愉在內閣，禮部援故事請。帝以楊溥老，宜優閑，令循等預議。明年進戶部右侍郎，兼學士。土木之變，人心洶懼。循居中，所言多採納。進戶部尚書，兼職如故。也先犯京師，請敕各邊精騎入衛，馳檄回番以疑敵。帝皆從其計。

景泰二年，以葬妻與鄉人爭墓地，為前後巡按御史所不直，循輒訐奏。給事中林聰等極論循罪。帝是聰言，而置循不問。循本以才望顯，及是素譽隳焉。

二年十二月進少保兼文淵閣大學士。帝欲易太子，內畏諸閣臣，先期賜循及高穀白金百兩，江淵、王一寧、蕭鎡半之。比下詔議，循等遂不敢諍，加兼太子太傅。尋以太子令旨賜百官銀帛。逾月，帝複賜循等六人黃金五十兩，進華蓋殿大學士，兼文淵閣如故。循子英及王文子倫應順天鄉試被黜，相與搆考官劉儼、黃諫，為給事中張寧等所劾，帝亦不罪。

英宗復位，于謙、王文死，杖循百，戍鐵嶺衛。

循在宣德時，御史張楷獻詩忤旨。循曰「彼亦忠愛也」，遂得釋。御史陳祚上疏，觸帝怒，循婉為解，得不死。景帝朝，嘗集古帝王行事，名《勤政要典》，上之。河南江北大雪，麥苗死，請發帑市麥種給貧民。因事進言，多足採者。然久居政地，刻躁為士論所薄。其嚴譴則石亨輩為之，非帝意也。

亨等既敗，循自貶所上書自訟，言：「天位，陛下所固有。當天與人歸之時，群臣備法駕大樂，恭詣南內，奏請臨朝。非特宮禁不驚，抑亦可示天下萬世。而亨等儌倖一時，計不出此，卒皆自取禍敗。臣服事累葉，曾著微勞，實為所擠，惟陛下憐察。」詔釋為民，一年卒。成化中，于謙事雪，循子引例請恤，乃復官賜祭。

高穀，字世用，揚州興化人。永樂十三年進士，選庶吉士，授中書舍人。仁宗即位，改春坊司直郎，尋還翰林侍講。英宗即位，開經筵，楊士奇薦穀及苗衷、馬愉、曹鼐四人侍講讀。正統十年由侍講學士進工部右侍郎，入內閣典機務。景泰初，進尚書，兼翰林學士，掌閣務如故。英宗將還，奉迎禮薄千戶龔遂榮投書於穀，具言禮宜從厚，援唐肅宗迎上皇故事。穀袖之入朝，偏示廷臣曰：「武夫尚知禮，況儒臣乎！」眾善其言。胡濙、王直欲以聞。穀曰：「迎復議上，上意久不決。若進此書，使上知朝野同心，亦一助也。」都御史王文不可。已而言官奏之。詰所從得，穀對曰：「自臣所。」因抗章懇請如遂榮言。帝雖不從，亦不之罪。

二年進少保、東閣大學士。易儲，加太子太傅，給二俸。應天、鳳陽災，命祀三陵，振貧民。七年進謹身殿大學士，仍兼東閣。內閣七人，言論多齟齬。穀清直，持議正。王文由穀薦，數擠穀。穀屢請解機務，不許。都給事中林聰忤權要論死，穀力救，得薄譴。陳循及文搆考官劉儼、黃諫，帝命禮部會穀覆閱試卷。穀力言儼等無私，且曰：「貴冑與寒士競進，已不可。況不安義命，欲因此搆考官乎？」帝乃賜循、文子中式，惟黜林挺一人，事得已。

英宗復位，循、文等皆誅竄，穀謝病。英宗謂穀長者。諸廷臣曰：「穀在內閣議迎駕及南內事，嘗左右朕。其賜金帛襲衣，給驛舟以歸。」尋復賜敕獎諭。

穀既去位，杜門絕賓客。有問景泰、天順間事，輒不應。天順四年正月卒，年七十。

穀美豐儀，樂儉素，位至台司，敝廬瘠田而已。成化初，贈太保，諡文義。

陳循為永樂十三年狀元，高穀為同科進士。而陳循替高穀治妒也實有其事，雖不見於正史，卻屢見於筆記野史。據馮夢龍《萬事足・敘》所云「陳循事載《楮記室》」，經筆者查閱，明人潘塤輯的《楮記室》卷六中有《朋友治妒》一則：

高文義公穀無子，置一妾。夫人素妒悍，每間之，不得近。一日，陳學士循過焉，留酌，聚話及此。夫人於屏後聞之，即出詬罵。陳公掀案作怒而起，以一棒撲夫人仆地，至不能興，高力勸乃止。且數之曰：「汝無子，法當去；今不去汝而置妾，汝復間之，是欲絕其後也。汝不改，吾當奏聞朝廷，置汝於法，不貸也。」自是妒少衰，生中書舍人峘，陳公一怒之力也。妒婦之見於記載者多矣，朋友治妒亦新聞也，故記之。

據潘塤所注，詞條轉引自《菽園雜記》。經查位於《菽園雜記》卷四，除無最後一句評論外，文字與上文幾乎一致。

《萬事足》中出現的其他情節據黃文暘《曲海總目提要》所引，還見於《湧幢小品》，被馮夢龍所借鑒也未可知。《曲海總目提要》云：

李九我閣學（名廷機，萬曆癸未會元榜眼，官至大學士）為南吏部侍郎。年逾五十，尚未有子。丁改亭（名賓，萬曆間進士，官至南京工部尚書）起南大理丞，切切勸納妾，其夫人立屏後聽之，甚愠。改亭知狀，再三至，大言：「喚一老媼出見我，我自有說。」既出，語之曰：「說與奶奶知道，你老爺會元及第，官至少宰，無後。他日官生卻被侄兒受用，你老爺精神尚旺，急急納寵，必定生子。既生子，於奶奶只隔一胎，卻是老爺親骨血。撫養成人，就是奶奶親生一般。若是侄兒，先與老爺也隔一重，何況奶奶？」其言切至，老媼聞之亦下淚。夫人悟，納妾生二子。後孫月峰尚書（孫月峰名鑛，萬曆甲戌會元，官至南京兵部尚書，丁賓其同年也）以參讚至，改亭亦依此法言之。孫不應，後漸厭拒。蓋孫方續娶，應接不暇。按二人同是萬曆間事，與夢龍尤近，此劇蓋因此而作。

其中《醉筆遣神》、《評文受教》兩折的情節出自《湧幢小品》，《湧幢小品》卷二十三云：

劉崇之兒時，書齋文籍為鼠齧，戲判土地云：「爾不職，杖一百，押出齋門。是夜其師夢老人曰，某實不職，煩一言於侍郎，免斷。次日，其師以告崇之，遂毀其判。夜又夢老人曰：「謝教授救解，有少白金為謝。」次早，於書几上得銀一片。後崇之果侍郎，使金，渡黃河。先一夜，河口舟人夢岸上軍馬數百。有神人呼曰：「明日劉侍郎渡河，見奉岳府指揮，令我擁護，爾等須著小心。」次日，崇之至，值河水泛漲，中流失楫，舟人倉皇無措。其舟自風浪中直抵岸，隔河望水中，若有數十人操舟而行者。」

高穀妻設計醉酒進妾的情節則出自馮夢龍自己編撰的《情史》卷十二「情媒類」：

西畢氏中歲無子，甚憂。然與妻恩愛，不忍置妾。醉後，其妻陰以侍婢與睡，即有娠。畢疑之。既產子，欲斃之。其妻以實告，乃納其婢，試之，明年復產一子，遂釋然，乃感其妻。後二子濟川、濟時，相繼登進士。濟川為翰林編修。

《萬事足》與馮夢龍創作於早年的《雙雄記》一樣內容上均有所本，這種以現實為依據再進一步創作的手法一方面是對固有傳奇創作手法的繼承，另一方面也是創作者在縣令任上這樣一個背景下某種思想情感的寄託。此一點將在接下來的文本研究中加以論述。

（二）文本研究

1.《萬事足》的創作背景

晚明是一個特殊的歷史階段，交織著階級和民族的雙重矛盾。但相對而言，階級矛盾又是其中最明顯，持續性也最強的社會矛盾。這種現象直接影響到了文人傳奇的創作，在思想內容及形式的各個方面表現突出。比如在內容上，傳奇作家更加關心現實，注重教化的藝術傳統；思想上偏重於抒憤言情，企圖通過文學創作來關注時局，挽救江河日下的道德倫理，具有強烈的時代感。據郭德英先生考察，明萬曆十五年至清順治八年是文人傳奇發展的勃興期，文人傳奇的創作實踐和理論探討都呈現出百花齊放、萬象更新的局面，呈現出許多新特徵。比如在前一個階段的文人傳奇創作中，整體出現了「傳奇十部九相思」的傾向，傳奇作家迷戀於才子佳人的纏綿悱惻之中而不能自拔。但由於明朝社會危機的加劇，這股浪漫思潮逐漸衰退，取而代之的是對社會現實的清醒認識和充斥著忠誠的倫理救世思想。

立足於這樣的時代大背景，再結合馮夢龍自身的仕途背景，我們就沒有理由低估《萬事足》在探究馮夢龍的思想歷程中所具有的重要價值和意義，特別是他久困諸生後的這段仕途經歷對於馮夢龍而言確是其人生與思想的轉捩點。這種心靈長久殘缺後的自足自滿更加加重了其傳統儒家知識份子對傳統倫理道德體認的一面。

在傳奇發展史上，「沈湯之爭」對於其後傳奇的發展具有深遠的影響。沈璟從曲律的角度強調聲律重於文詞，形成聞名遐邇的吳江派；而湯顯祖則從曲文的角度強調文詞高於聲律，甚至只重文詞而忽略聲律，形成赫赫有名的臨川派。兩者各持一端，水火不相容。馮夢龍一直被歸於吳江派門下，原因是多方面的，但如果整體考察馮夢龍的傳奇作品，特別是他後期的作品，就不難發現，簡單地將馮夢龍劃歸吳江派是片面的。準確地說，馮夢龍後期的傳奇更定和創作更傾向於熔文詞與聲律於一爐，追求文詞、聲律兩臻其善的審美境界。無怪戲曲研究界的大師吳梅先生盛讚馮夢龍、史槃、徐復祚、沈嵊等的傳奇作品「協律修辭，並臻美善」（吳梅著《〈顧曲麈談〉、〈中國戲曲概論〉》，上海古籍出版社二〇〇〇年五月版，第一六三頁）。

2.《萬事足》的思想內容

一直以來，《萬事足》被貶低的主要原因在於題材被認為顯得過於平庸。無論是「治妒」也好，「有子萬事足」也罷，人們由於無法在《萬事足》中尋找到更深一層的內涵而對其整體都嗤之以鼻。而聶傳生則認為「『治妒』還不是馮夢龍為此的真正意圖，『續香火』才是目的所在」（聶傳生《馮夢龍研究》，學林出版社二〇〇二年十二月版，第一八三頁）。應該說這種認識在宗法制度嚴密的古代中國有著深厚的文化根源，但這些認識對於馮夢龍自身的研究都缺乏實際意義。在筆者看來，《萬事足》的價值和意義其實是體現在對馮夢龍晚年思想的探究上。下文將結合馮夢龍晚年的思想狀況展開論述，希望能以《萬事足》這一現存的馮夢龍晚年的重要文學作品為載體，進一步瞭解馮夢龍在這一時期的思想狀態。

在儒家思想佔據主流後的中國傳統社會中，讀書人的生活無論是有意還是無意基本上都在追求這樣一個理想的模式：即按照儒家格物、致知、誠意、正心、修身、齊家、治國、平天下的模式一步一個腳印地走完一生。而真正的完美人生還遠沒有這麼簡單，在最後的功成名就之後，能夠做到急流勇退，才是傳統社會中每一個士子心中圓滿的人生理想。這種理想也一直埋藏在馮夢龍的心底，在終於有機會出任掌握有實權的地方官後變得更加明顯。想必當馮夢龍在壽寧閒暇之時靜下心來思考這些問題的時候，對於未來的人生道路卻又是迷茫的。為此，唯有借助於文學創作才足以慰藉心靈。劇中陳循和高穀的人生經歷就具備了這樣的典型意義，他們至少代表了馮夢龍心中最為理想的士子人生。

青年時期的陳循和高穀共同遊學於名師周約文門下，因尚未取得科舉功名，陳循還保持著一份讀書人的輕狂和自傲。他恃才傲物，醉筆遣神，惹得土地廟諸神惶恐終日。在這裏我們明顯看到了馮夢龍欲借傳奇之文對同樣作為讀書人的自己所進行的自我標榜和拔高。陳循一出場就自視甚高：「家承詩禮，性稟通明。齒歷三旬，愧有聞之太早。庠遊數載，號國士之無雙。」面對土地神的「全不知尊賢重才」，表現出了極度的憤慨，自詡「讀書人筆如山重，賞罰還應秉至公，要立個慢士輕賢卷一宗」。這都源於陳循是「文曲星，就是城隍老爺，也讓他的」。我們從陳循的輕狂中隱約地看到了年輕時的馮夢龍，那時他自號「畸人」，風流倜儻實不減陳循。一方面夫子自道「諸生都是三場利器，兩榜高才」；另一方面又清高地目空一切，認為「科第本是浮花，文章亦屬敝帚」，追思前哲，只仰慕「王孝先原無溫飽志，乃能不愧科名。范希文自做秀才時，便已心存天下」。周約文的諄諄教導則代表了明末學術經世致用的思潮：「汝等勿安章句之小儒，須預經綸之大手。」「抱英才須當大用，行為本文章為從。匡時自古稱樑棟，齊治平一心為總。」

拜師學藝後，緊接著就是參加鄉試。這是省一級的重要考試，只有通過了這一關才有機會進京參加由禮部主持的國家級會試，從而取得進士的資格。高穀原是江蘇人，鄉試必須回原籍，所以他辭別師友前往南京參加鄉試。鄉試中陳、高二人都取得了不錯的成績，而進京會試則又是重中之重的大事，為此他們提早做了準備。出於各方面的綜合考慮，高穀決定將妻子邳氏寄寓在好友陳循家中，以此解除內顧之憂，從而能夠全身心地投入到會試前的準備中。

傳奇中多次寫到文人的聚會，其中鄉試後的「鹿鳴公宴」和會試前的「京都談勝」分別單列一折，演繹出了文人附庸風雅的特性，充滿了書卷氣。這些文人學子獨有的生活方式在馮夢龍筆下繪聲繪色地展現出來，為我們瞭解明朝文人學子的生活提供了生動的材料。

會試中陳循和高穀都順利通過，在殿試中陳循更是高中狀元，高穀被點為探花，遊街赴宴，名香萬里而天下盡知。取得功名後他們都順理成章地出仕為官，從初職翰林院到升遷詹事，再累遷學士之職，最後榮登宰輔，位極人臣。又加封三代，恩及子孫，書生榮遇，至此極矣。在這個時候陳循收到恩師周約文的書信，勸其急流勇退，陳也從善如流，欣然納受。

從情節的有意安排中，我們也能夠看出馮夢龍為突出「家和萬事興」這一思想所表現出的良苦用心。陳、高二人每一次的仕途升遷都無不自覺地以家庭和睦作為前提，而仕途的順暢又反過來促進了家庭的融洽和諧。齊家和治國平天下始終是中國傳統讀書人肩上人生天平的兩端，證明著自己作為家、國棟樑的寓意，從而表現出「君明臣良，固朝廷之盛事；妻賢子孝，亦家政之美談」的理想境界。

總的來說，《萬事足》內容上以士子生活為題材，詳細描繪士子的仕途歷程和心理狀態，簡言之就是在為士子寫心。思想上糟粕與進步性並存，既有對封建禮教、制度的宣揚，又有對官場及社會不同程度的揭露和批評，集中地寄託了壽寧縣令任上馮夢龍自己的仕途理想。

《萬事足》在思想上的糟粕首先表現在馮夢龍極度宣揚忠君思想，「學成文武藝，貨與帝王家」（第三折）更是直言不諱地表達了以馮夢龍為代表的傳統讀書人入世的殷切希望。對於禮教的維護也是不遺餘力，這一點鮮明地表現在「治妒」之上。當陳循面對邳氏的惡語攻擊時，他能夠據「理」力爭，頭頭是道，搬出一整套的律法和道德規範予以施壓。也正是因為有這許多嚴密規範的道德倫理的撐腰，身為狀元的陳循才能夠對一手無縛雞之力的婦人施以一頓毒打。馮夢龍對於陳循治妒有著自己鮮明的個人態度，他在《敘》中已經說得十分清楚了：

> 陳循事載《楮記室》，以一擊之義勇，延高公之祀於中翰，事極痛快。而邳氏知過改，亦有足多。至梅夫人委屈進妾，成夫之美，則更出於尋常賢孝之外，可與《關雎》、《樛木》嗣音。覽斯劇者，能令丈夫愛者明，弱者有其志，勝捧誦佛說怕婆經

多多矣。其閨人或覽而喜，或覽而怒；喜則我梅，怒則我邳。孰賢孰不，孰吉孰凶，到衰老沒收成時，三更夢醒，自有悔。

在中國古代，男子三妻四妾是法律和道德都許可的行為，女子對於男子納妾只可支持不可反對。因此對於那些心懷嫉妒的女人，社會和家庭都會加以責備和制裁。馮夢龍認為陳循治妒就是一件大快人心的事情，梅夫人委屈進妾高出尋常賢孝之外，而邳氏知錯能改，善莫大焉。邳氏作為一個反面的教材，被大加撻伐。正因此，整部《萬事足》都充滿了濃厚的說教氣味，這種思想也貫穿於馮夢龍所從事的其他文學創作中。我們也許沒有權力用現代人的觀念去強求馮夢龍應該如何先進，但就馮夢龍自身前後的思想對比而言，此時出仕為官時的迂腐相比之前的進步性確實應該受到關注。畢竟現在是食君之祿，又怎麼能不為君分憂呢。

《萬事足》的思想進步性表現在對官場和社會現象也有不同程度的揭露和批評。《萬事足》即是為士子寫心，科舉場上的不公和黑暗則是作為科舉失敗者馮夢龍願意著力加以細緻描寫的。如陳循之所以會鬧出「醉筆遣神」的一幕，主要是因為在陳循看來，這些土地廟中的神祇目中無人，慢士輕賢。所以他才戲書一聯，以出胸中之氣。而那土地、判官不也正是官場的影射嗎？結合馮夢龍自己的遭際，我們就不難理解陳循胸中之氣並非空穴來風。第十二折「觀卷避嫌」中對於梁尚書出於一己之私所做出的評判的細微表現更是把矛頭直接對準了科舉場中的黑暗。獨腳大王的搶佔民女、稱霸一方，柳新鶯之父的為錢賣女，胡員外的荒淫無恥則又是對市井風情的真實刻畫。

3.《萬事足》的藝術特色

《萬事足》受到貶低很大程度上是因為思想內容過於陳舊而帶腐氣，但其藝術成就卻有其獨特之處。現就從結構特色、人物形象塑造及語言特點三方面對其進行相應的分析。

複調式雙重結構的運用是《萬事足》最大的藝術特色。由陳循和高穀雙方所構成的雙線交叉並進模式，在相互對比映襯中使情節此起彼伏，步步推進。而本傳奇的另一個雙重結構則是隱性的，即通過科舉仕途的逐漸深入，陳、高兩方的家庭也逐漸走向和睦融洽的理想狀態，這也正印證了「萬事足奕世簪纓」的題旨。傳奇第一折「家門大意」是對全劇的提綱挈領，敘述了本劇的概況。第二、三兩折描寫了陳、高共同的求學生活。從第四折開始就分別交叉展開，第四、七、八、十一、十二、三十折偏重於寫陳循，而第五、六、九、十三、十四、十五、二十一、二十五、二十六、二十七、二十八、二十九、三十二、三十三、三十四、三十五折偏重於寫高穀，其他諸折則陳、高兼有之，是情節發展的自然交融。

人物形象的塑造也是本傳奇的出彩之處，最大的特點是通過許多的心理描寫表現出人物各異的性格特徵。本傳奇的主要人物形象有陳循、高穀、梅氏和邳氏四人。陳循的性格前後有所變化，從風流輕狂的一派名士風度到國家社稷的棟樑之臣，其性格是隨著身份和地位的變化而變化的。陳循的形象在出仕前顯得要更加生動活潑，待出仕後變得刻板而缺乏活力，完全就是一副衛道士的面孔。相對來說高穀的性格要顯得一以貫之，在邳氏面前他始終是一個懦弱膽怯的文士形象。作者在高穀身上費了許多的筆墨來刻畫他的膽怯心理，淋漓盡致地把他的懦弱表現出來。遇到事情他總是優柔寡斷，遲疑不決。當柳新鶯提出要以身相許時他顧慮重重，還比不得下人高科的沉著穩健。他凡事顧及體面和觀瞻，對邳氏事事忍讓，一味息事寧人。在陳循「筵中治妒」一幕中，作者更是通過準確的科白交代高穀的表情和動作，從而展示出他複雜的心理變化。比如當陳循問及「既沒有子，何不治妾」時，因邳氏在側，馮夢龍為高穀設置的科白是：「搖首咳嗽介。」陳循顯然有些明知故問，但還是不依不饒，這使得高穀更加坐立不安，只得「又咳嗽介」，王顧左右而言他。通過一系列的動作和語言的描寫，高穀的懦弱性格表露無遺。陳、高的妻子中，梅氏完全是傳統社會中賢良淑德的樣板，她出場時唱的那首《鷓鴣天》最能夠傳達出她的心聲：

幼承閨訓戒非儀，長嫁儒門喜唱隨。每以辟纑供爨火，常將針指伴書幃。無嫉妒，敢嬌癡，三從四德詠《關雎》。要將蘭桂庭前種，夜對三星問綠衣。

她恪守著「不孝有三，無後為大」的閨訓，屢勸丈夫治妾，只為要讓陳家延續香火。她「巧計進妾」（第七折）更是上演了戲劇性的一幕，也完成了她自我賢良形象的塑造。但這樣的人物形象，由於身份的限制不免顯得刻板、單一。邳氏是一位性格乖張、潑辣的悍婦形象，她正好走向了梅氏的對立面。在男權社會，這樣的性格即使能夠逞強一時，但最終還是會被打壓下去，正好成為顯示男權威力的映襯和犧牲品。這個人物的塑造，其最大的成功之處在於合乎性格和情境的語言描寫，本色當行的語言使得邳氏成為一位有血有肉的悍婦形象。如，當梅氏為其念書信時，邳氏錯將「探花」聽做「貪花」，竟大罵高穀「短命冤家」。她以為丈夫在北京「貪花」，「早若如此，教他不滿三十」。第二十八折「高科進諫」中的針鋒相對更是活靈活現，現摘錄片段如下：

〔淨〕娶便怎樣？不娶又怎樣？〔末〕若娶妾生子，【急三槍】人都道真賢德，真大量，通道理，與家業，萬古好名揚。〔淨〕不娶呢？〔末〕說夫人忒妒忌，忒兇悍，害丈夫，絕子嗣，萬古惡名留。〔淨怒介〕哦，誰叫你來罵我？我曉得了，是高崇本那老禽獸，主張你來的。待那老禽獸來，我與他性命相搏。〔末〕是老奴自家一點忠心，老爺全然不知。〔淨〕胡說！你倚仗了老爺，取來唐突我，你那老奴才，要還我個明的。

此情節中，邳氏先是有意套話，之後是撒潑放刁，其語言更具個性化和生活化，符合她潑辣粗魯的性格特徵。馮夢龍自己曾經說過：語言「本色者，常談口語而不涉於粗俗」（《太霞新奏》卷十二）。可以說馮夢龍對邳氏語言的打磨正是按照他自己這樣的一種標準進行創作的。

除了人物語言本色外，《萬事足》的語言在一般說辭和唱詞中表現得也獨具特色。馮夢龍善於化用名句、俗語，使之自然地成為人物口中的說唱詞，融入到整體的意思表達中。現摘錄數條：

情到不堪回首處，一齊分付與東風。

落花有意隨流水，官人，誰知你流水無情戀落花。

正是世上萬般皆下品，思量唯有讀書高。
正是酒逢愛飲千杯少，話若難聽半句多。
用心計較般般錯，退步思量事事難。
雖不能夠無官一身輕，亦可謂有子萬事足。
不是一番寒徹骨，怎得梅花撲鼻香。
路遙知馬力，日久見人心。
長大成人應無望，教人怒髮三千丈。
從來父母無偏黨，自古男兒當自強。
今宵賸把銀釭照，猶恐相逢是夢中。

這些句子，有些是直接引入的，而有些是經過作者加工後的再創造，許多借助於馮夢龍的作品得以流傳開來，成為人們生活中的常用語。

三、撰成《遊閩吟草》

（一）《遊閩吟草》的寫作情況和佚詩零拾

馮夢龍不僅是我國最富盛名的通俗文學家之一，而且在詩文上也有所成就。他早年曾參加過韻社，錢謙益、文震孟、姚希孟等著名人物都是該社成員，而馮氏「為同社長兄」（見錢謙益《馮二丈猶龍七十壽詩》注）。其詩文集有《郁陶集》、《七樂齋稿》、《馮夢龍詩集》六卷、《遊閩吟草》一卷等四種，皆散佚，所以有關馮夢龍詩歌僅有的線索都十分珍貴。其中《遊閩吟草》（以下簡稱《吟草》）就是他在福建壽寧任上所作。據當時祁彪佳《祁忠敏公日記・自鑒錄》崇禎十一年八月二十三日云：「又得林木桃及馮夢龍詩稿。」可斷定此詩稿即為《吟草》，係未刊稿，故曰「詩稿」，後佚。

《吟草》撰成於馮夢龍在福建壽寧為官任上四年的從政之餘，應是他取得詩歌藝術成就的高峰之作。此詩集受到了當時著名詩人徐𤊹的大加讚賞，其中《催徵》、《春日往府》

作為馮夢龍的代表作被鍾惺和譚元春收入《明詩歸》。但因詩集早已散佚，故其情況一直未被人所知。今據筆者考察認定，保存在徐𤊹《寄馮壽寧》札中的四個斷句和《壽寧待志》中的《紀雲》、《石門隘》、《戴清亭》、及《春日往府》當為《吟草》佚詩，而《竹米》、《瑞禾》、《催徵》亦可存疑。

1.《遊閩吟草》寫作時間探略

《遊閩吟草》的寫作時間可以做一個大致的界限。馮夢龍於明崇禎七年甲戌（一六三四）六月十三日赴常熟進謁蘇松巡撫祁彪佳，《祁忠敏公日記》是日載「廣文馮猶龍亦以升令進謁」。又「於崇禎七年甲戌八月十一日到任，次日申刻見黃雲朵朵，自西而東，良久忽成五色，最後變為紅霞。平生所未睹也，余喜而賦詩」（《壽寧待志》卷下《祥瑞》），所賦之詩即《紀雲》，可以估計這應是他到壽寧後所作的第一首詩。因此我們可以把《吟草》的寫作上限界定在前往壽寧的這段時間，即崇禎七年甲戌（一六三四）六月十三日至八月十一日間。

《吟草》的成書下限則是馮夢龍將《吟草》寄予徐𤊹作序的時間。徐𤊹是當時福建著名的詩人和藏書家，其與馮夢龍的相識是在崇禎八年乙亥（一六三五）春，其時為馮氏任壽寧知縣第二年，赴府治建州（今福建建甌）期會，徐作於崇禎丙子（一六三六）年中秋的《壽寧馮父母詩序》云：「予聞先生名久矣，竟孤一識面。昨歲浪遊建州，而先生新拜壽寧令，赴大府期會，彼此投刺，交相重而交相賞也」即是。此外，徐𤊹在《寄馮壽寧》札中也提到了這次的會面。原本根據《壽寧馮父母詩序》的落款時間就可以判定《吟草》的成書時間，但正是《寄馮壽寧》札的內容告訴我們準確的時間並不是崇禎丙子（一六三六）年中秋，而是徐《寄馮壽寧》札寫作前一年的時間。《寄馮壽寧》札全文云：

建州蘭若，獲侍膺門，數十年企仰私衷，一旦傾倒，足快平生。某因俟送前直指使者，淹留臘殘，始歸故里。辱父台篤念貧交，遠貽竿牘，兼拜隆貺，高誼薄雲，感知曷喻，未遑裁謝，深用為恧緬。惟父台山城臥治，著作日富，鉛槧大業，侈於爰書。《古今譚概》聞而未睹，倘重殺青，願一垂示。

佳集舊歲見許，匆匆未及領教。偶於鄒平子廣文齋中見之，借而諷詠，悅目爽心。如「山屏左斷雄城接，湖鏡全開小閣懸；霓裳慣舞人如月，金谷長春夢亦香」，律體精工，當令錢、劉避席。至於「三杯古驛談鄉事，也算家園一紙書；二十四橋埋

> 草徑，獨留夜月想煙花」，即太白、昌齡，亦所不能道也。《遊閩吟草》敢靳一言，然當還錦取筆之年，江郎才盡，焉能僭為玄晏乎？
>
> 日下束裝為漳南之行，容即課呈也。先此附候，不盡翹企。

據此札的內容可以知道，徐在收到馮的詩稿後並沒有及時作序，原因是他「日下束裝為漳南之行」，只能「先此附候，不盡翹企」。先作一札報之，序則待後。其中「辱父台篤念貧交，遠貽竿牘，兼拜隆貺，高誼薄雲，感知曷喻，未遑裁謝，深用為恧緬」，也正說明了徐此札是回信。另，據陳煒先生查閱「鈔本《鼇峰集》乙亥臘月諸詩，徐𤊹曾送某直指使者至武夷，時在臘月，由武夷折回又過建州，臘盡始歸福州，則《寄馮壽寧》應作於崇禎九年」。在另一札中云：

> 客臘，辱賜腆儀，某尚遑裁答，今春始作報章……憶去歲此時正在建州傾倒，忽忽周星，言念雅情，何勝瞻注。承委作序，某何人斯，敢於著穢，然嚮往鄙私，積有歲年，漫成一篇請正，幸祈痛加改削，庶不為佳集之玷。

此札追溯了作序的緣起和經過，可以肯定是隨《壽寧馮父母詩序》一同寄給馮夢龍的，亦當作於崇禎丙子（一六三六）年中秋。所作「報章」即《寄馮壽寧》札，所言「客臘」應是徐𤊹收到馮夢龍詩稿的崇禎八年（一六三五）臘月。《寄馮壽寧》札中所言「佳集舊歲見許，匆匆未及領教」，說得也是這個時間。並且可以知道當時《吟草》已經在馮夢龍的文友廣文齋主人鄒平子等人的手中流傳。所以我們可以把《吟草》成書的大致下限再較為具體地界定於崇禎八年乙亥（一六三五）臘月。

另外，值得注意的是《寄馮壽寧》中提到了廣文齋主人鄒平子這個人，雖然目前還沒有找到有關此人的資料，但可以肯定其應該也是一位讀書能文之人。結合馮夢龍與徐𤊹的交往我們可以知道馮夢龍在壽寧主政期間，於案牘勞形之餘繼續著他作為一個文人愛好風雅，喜結交文人雅士詩文酬唱的特徵，也不能排除《遊閩吟草》中有與這些文友的唱和之作。徐𤊹尚存《贈壽寧馮猶龍令君》詩可為明證，相信馮夢龍定有回和之作。這種鮮明的文人知縣的特徵，為馮夢龍在壽寧不免寂寞枯燥的政務生活，平添了一種詩性和文采風流。

2.《遊閩吟草》詩作勾隱

正如徐㶿所言「令早起坐堂皇，理錢穀簿書，一刻可了。退食之暇，不丹鉛著書，則撚鬚吟詠。」（徐㶿《壽寧馮父母詩序》）。相對穩定的生活和安靜的環境為馮夢龍在壽寧的寫作提供了良好的客觀條件，同時宦壽的四年也是他最得意的人生階段，這也就催生了他的寫作潛能。這個時候他除了寫作詩文外，還「山城公署喜清閒，戲把新詞信手編」（《萬事足》下場詩），撰成傳奇《萬事足》等。我們有理由相信，這個時候他的詩文創作是頗為可喜的。

①修築關隘，作《石門隘》詩。

在作《紀雲小詩》後，馮夢龍還寫了一系列的詩作。其上任伊始即著手於除虎患，重立譙樓，修城牆，築關隘，整狴犴等一系列的措施。既著手於維持社會安定，又偏重於境內政權武備設施的完善與建設。「壽邑東南並接福安，更南則寧德，西南則政和，北則景寧，東北則泰順，西北則慶元。蓋兩省之甌脫，而五界之門戶也。有三關十六隘。」其中「界政和者曰石門」，「係政和正道，福安、慶元偏道」（《壽寧待志》卷上《城隘》）。因石門隘險峻，作《石門隘》小詩。

②梅下構亭，作《戴清亭》詩。

在《壽寧待志》卷上《縣治》中記載了馮夢龍在「蒞任之次年乙亥冬」即明崇禎八年（一六三五）冬對縣衙所進行的修理。「私署在鎮武山上……左隙地小屋三間，故令毛（錦按：據《壽寧待志》卷下《官司》即毛調元，湖廣黃州府麻城縣人，萬曆四十六年至天啟元年任）所建，前植花果，扁曰『看花處』。今惟老梅一株僅存，數百年物，余於梅下構一小亭，顏曰『戴清』，係以小詩。」即為《戴清亭》詩。

③赴府期會，作《春日往府》詩。

學術界以《春日往府》詩為馮氏壽寧任上所作的則很少，就是以馮氏詩歌為專題研究對象的論文中也往往將此詩排除在壽寧任上之外。施潤梓認為馮夢龍的詩創作「大約可分為三個階段，即入壽寧前，壽寧知縣任上，明亡清兵入關後」。而他把《春日往府》定為入壽寧前所作。龔篤清於《馮夢龍新論》中考釋為壽寧任上馮夢龍因事於春天赴建寧府，途中所作，但並無確切而充實的論證。筆者亦認同《春日往府》係馮氏壽寧任上所作，並可以肯定亦是《吟草》中的佚詩。其詩曰：

春日下山腰，春風寒欲消。草絲逢石罅，桃葉襯花嬌。

水道將添篔，燒痕漸滅焦。只愁零雨至，尚有未成橋。

現從以下三點加以進一步確證：

其一、明竟陵派的代表人物鍾惺、譚元春將這首詩收入《明詩歸》，並有評語云：「字字留心民事，而情深眼細，與紗帽套頭語不同」（錦按：龔篤清亦引此條）。考察馮夢龍在壽寧任上的親力親為及處理政事的務實態度，亦被鍾惺讚為「儒吏」，是一位很有作為的清官賢吏。清乾隆《福寧府志》卷十七《壽寧循吏》評曰：「政簡刑清，首尚文學，遇民以恩，待士有禮。」從馮夢龍一生仕途只做過丹徒訓導及壽寧知縣來看，在鍾、譚的眼裏，此詩當為壽寧任上所作。又從另一方面可以看出，馮夢龍在壽寧任上的政績及其「一念為民之心」的為官品格在同時代既已受到認可和推崇。

其二、馮氏曾赴建甌期會，結交詩人徐𤍠。徐於丙子年（一六三六）所撰《壽寧馮父母詩序》云：

予聞先生名且久，竟孤一面識。昨歲浪遊建州，而先生新拜壽寧令，赴大府期會，彼此投刺，交相重而交相賞也。

事在作序之前，由此肯定《春日往府》為《吟草》佚詩。因與《壽寧待志》內容無關，所以未收入《壽寧待志》中。其時壽寧隸屬建寧府，「建州」和「大府」即當時建寧府治所在，今福建建甌也。這正與《春日往府》詩題相契。

其三、從本詩中所出現的諸多意象來看，本詩所描述的景象一如《壽寧待志》一樣極具壽寧地域特色，處處彰顯壽寧特有的人文地理環境，可以明確此詩確是宦壽期間所作。「山腰」、「石罅」、「桃葉」、「水道」、「筧」、「燒痕」、「橋」等諸多意象構成了壽寧初春的美麗景象，令壽寧遊子讀來頓生思鄉之情。特別是「水道」、「筧」、「燒痕」和「橋」，在壽寧至今仍隨處可見。正如馮氏《壽寧待志》卷上《升科》所言，壽寧「沙浮土淺，梯石而耕，連雨則漂，連晴則涸」。又，《壽寧待志》卷上《土田》云：「壽鑿石為田，高高下下，稍有沙土，無不立禾。計苗為畝，不可丈量。……大抵田滋於水，水脈通塞，而田之肥瘠隨之。然或高下而燥濕相反，或連圩而潤涸頓殊，此當問之老農耳。」耕作以梯田為主，遂設水道以引水入田，方能不旱。「筧」即為引水的長竹管，壽寧多竹，竹剖為兩半去瓤正可為架設水道之用。「燒痕」為壽寧農民於冬春之際將田地中的蕪草燒成灰燼，以為綠肥，俗稱「燒山」，馮氏《壽寧待志》卷上《土田》云：「農之家必有倉。當獲時，即於田家出穀而歸，不但省負荷力，亦徭家鮮餘地也。久霽則全收，旬日雨，禾生耳矣，積薪煨之，即以雍田。冬月，燒山取灰，故隨處有灰廠。或恐傷竹木，掃草葉即於廠內煨之，屢致延燒，不可不戒。西門一路田瘠，必用竹葉或蕨葉」，「燒痕」可謂習見。壽寧之「橋」以木拱廊橋為多，又名風雨橋，風雨橋的構造最為特別，以樹木為原料，橋面鋪板，兩旁封閉但可通風，橋中設有長凳，橋頂蓋瓦為棚，形成長廊式走道，正可為避雨歇腳之用，故名之曰風雨橋，有抵擋風雨之意。亦即如詩尾聯所云「只愁零雨至，尚有未成橋」，正是在說風雨橋未成，恰逢雨至而無處藏身之苦。而施潤梓解釋為：「詩人憂慮零雨來到，因為那水管還未成橋，連成一線。」這顯然是錯誤的。（見施潤梓《略談馮夢龍的詩歌創作》，載《寧德師專學報》一九九六年第一期，第四十七頁）

馮氏的這一行路之苦在《壽寧待志》卷上《鋪遞》中亦有所流露：「新坑口至東峰一路，險峻非常，除本縣外，別無官府往來。余每赴府，預先行牌傳諭，令誅茅闢徑，全然不理。一遭天雨，寸步登天，亦付之無可奈何矣！」

④採風問俗，作《竹米》、《瑞禾》詩。

馮夢龍是通俗文學家，注意對風俗民情的調查。在《壽寧待志》中就專列《風俗》一章，其對奇風異俗有著天生的獵奇心理。「壽邑萬山逶迤，花竹繁殖。崇禎八年（一六三五），竹間有生米者，是歲秋成大損，疑為不祥。九年（一六三六）春夏之交，遍山皆竹米，形如小麥。值米貴民乏食，取而粉之可粥，舂之可飯。於是闔邑競采……民賴活之。惟壽境則有，越界則無矣。是夏不雨，余益疑其妨穀，乃甘霖應禱，年臻大有；漁溪一帶竟有兩岐、三岐者……余雖無善政及民，而一念為民之心，惟天可鑒。民貧糧欠，或天可以哀壽而寬拙吏之責與！」（《壽寧待志》卷下《祥瑞》）另據乾隆《福建通志》記載：「崇禎八年，壽寧竹生米，形如小麥。九年，遍山竹皆生米，時大旱米貴，闔邑競採食之，開倉發糶，民賴以濟」，可為旁證。遂作《竹米》、《瑞禾》二詩，其中有「競採兒童便，經春黍稷香。荒山無賦稅，多產亦何妨」句，及「靈雨欣隨禱，嘉禾喜報秋。疑分九穗種，應使兩岐羞」句。

如上所述，《竹米》、《瑞禾》二詩作於崇禎八年（一六三五）、九年（一六三六）之際。《遊閩吟草》雖於崇禎八年（一六三五）臘月已經成書，並交給徐𤊹作序，但因是未刊稿，並都是馮夢龍游閩時作品，不知其事後是否有將此二詩也增入詩集，故存疑。

⑤其他

徐𤊹《寄馮壽寧》札中的四個斷句保存在其鈔本《鼇峰集》中，《寄馮壽寧》札即為作序事的回信，此四句為《吟草》中而來自不必多言。

《催徵》一詩附於《壽寧待志》卷上《賦稅》後，之前云：「崇禎九年（一六三六），為確陳剿寇第一要策，恭請聖裁事，奉文因糧輸餉，鄉紳每糧一兩，加銀二錢。民間糧滿五兩者，加銀五錢。」並有注：「壽丁多田少，糧滿五兩者不過數家。余查冊，凡親兄弟皆合併才得此數，懼太少不便申報耳。聞各縣皆累百，亦有逾千邑之貧也！」根據《壽寧待志》中其他附詩都一事一附的體例來看，本詩應作於壽寧任上的崇禎九年（一六三六）。同樣，基於《吟草》為未刊稿，不知馮夢龍事後是否有將此詩也增入詩集，故存疑。

綜上所述，馮夢龍《遊閩吟草》一卷雖佚，卻借助《壽寧待志》及同時代的詩歌選集和個人詩文集加以保存。我們經過考察可以確認，保存在徐𤊹鈔本《鼇峰集》、《寄馮壽寧札中的四個斷句和《壽寧待志》中的《紀雲》、《石門隘》、《戴清亭》，及鍾惺、譚元春所編之《明詩歸》中的《春日往府》為《遊閩吟草》佚詩，《竹米》、《瑞禾》、《催徵》亦可存疑。

（二）《遊閩吟草》佚詩的內容與藝術特色

中國古代科舉以詩文取士，小說戲曲被認為是小道。所以即使「三言二拍」在古代和今天都有不小的影響力，但它們的作者馮夢龍和凌濛初卻始終得不到正統的認可，不一而同地都沒有在正史中被立傳。他們曾經都汲汲於科舉，也都同樣蹭蹬場屋，鬱鬱不得志。而現在的事實恰恰相反，人們大多關注他們在小說戲曲上的成就，卻往往又忽略了其在詩歌上所取得的成績。

馮夢龍的詩作之所以沒有受到應有的重視，主要原因在於其詩集的散佚。我們除了從遺詩中加以管中窺豹外，還可以通過馮氏同時代人的評論約略知道馮詩的創作情況。也可以在馮夢龍的一些著作中發現他的詩學主張，以此較為全面地評價馮詩的創作水平。

如上所述，馮夢龍早年是韻社成員，與錢謙益等詩壇大佬均有密切的交往。在馮夢龍七十歲時錢謙益有《馮二丈猶龍七十壽詩》相贈，其中說：「晉人風度漢循良，七十年華齒力強。七子舊遊思應阮，五君新詠削山王。」對其政績和詩歌創作的水平給予了很高的評價，亦可見他們的關係之非同一般。但我們卻沒有在錢著的《列朝詩集》中看到馮的作品，不知何故。在馮死後，好友王挺作《輓馮猶龍》詩，其中有「修詞逼元人，紀事窮纖委。笑罵成文章，燁然散霞綺。放浪忘形骸，觴詠托心理」幾句，集中對馮夢龍的傳奇、小說、詩作等文學創作也做了簡單的概括和評點。「觴詠托心理」更是道出馮詩寄託含深、以達性情的特點。《郁陶集》中「有《怨離詩》三十首，同社和者甚多」，「直是至情迫出，無一相思套語，至今讀之，猶可令人下淚。」（《太霞新奏》卷七靜嘯齋評點）可見其用情之真切已內化提煉成生動的詩句，令人讀之有味。

馮夢龍在《太霞新奏・序》中對詩學有自己進一步的理論闡述：

> 文之善達性情者，無如詩，三百篇之可以興者，唯其發於中情，自然而然故也。自唐用以取士，而詩入於套；六朝用以見才，而詩入於艱；宋人用以講學，而詩入於腐。而從來性情之鬱，不得不變而之詞曲。

認為詩是「善達性情者」，《詩經》三百篇之所以能夠興盛流傳，是因為「發於中情」，是詩人內心情感的自然流露。而對於詩歌史演變的論述雖不免偏頗，但也有其道理所在。正因為唐以詩取士，在繁榮詩歌創作的同時也在某些方面限制了詩歌創作的情感表達，如試帖詩過於強調格律的規範，就不免入「套」，使得程序死板，要表達的真性情往往為形式所拘；六朝詩歌則描繪繁縟、辭采生僻，玄言詩更是「理過其辭，淡乎寡味」，流於艱澀玄遠，缺乏生命力；宋人則「以文字為詩，以才學為詩，以議論為詩」，不免迂腐賣弄，晦澀難懂。這些在馮夢龍看來都達不到「善達性情」的目的，所以「性情之鬱，不得不變而之詞曲」，遂有唐詩而宋詞，宋詞而元曲的蛻變與更替，不斷推進一座座文學高峰的到來。從中可以看出馮夢龍在評論詩歌時以「善達性情」作為衡量優劣的標準，他也同樣以這樣一種標準規範著自己的詩歌創作。

對馮詩著墨最多的當屬徐燉，在其所作之《寄馮壽寧》札和《壽寧馮父母詩序》中多有闡發。在《寄馮壽寧》中提到馮詩「借而諷詠，悅目爽心」，又「體律精工，當令錢、劉避席……即太白、昌齡，亦所不能道也。」與錢起、劉長卿、李白、王昌齡這些唐詩大家進行對比不免有誇大恭維之嫌，但「借而諷詠」應是對馮詩藝術特色的概括，似沒有誇大的必要。馮夢龍自己在《〈孟子塞五種曲〉序》中也曾說道：「詩而不可興、可觀、可群、可怨者，非天下之真詩也。」這實質上是對儒家以「詩教」為核心的詩學理論的繼承，強調詩歌要為政治教化服務，能夠反映社會政治與道德風尚。「體律精工」則從遺詩及馮夢龍在戲曲上對「吳江派」格律化的推崇上可以得到印證。《壽寧馮父母詩序》稱「先生深於詩，已行於世者，無不膾炙人口」，《吟草》所寫「乃借先生如椽之筆，一一詠題，則山增而高，水增而深，邑不能為令重，而令實為邑重侈矣」。其在壽寧的詩作所描繪的即是壽寧的風土人文，與其他吟詠壽寧的詩作相比，確有過人之處。同樣為詩人的徐燉即使摻雜有個人仰慕的情感成分，但也應該相信他以一個詩人的眼光所做的評價有其客觀公允之處。清同治《蘇州府志》評價曰：「馮夢龍……才情跌宕，詩文麗藻」亦可為證。

通過上一節的分析，我們已經能夠較為確切地知道《吟草》的佚詩情況，現就依據以上詩作，對《吟草》的內容與藝術特色做窺一斑以知全豹的分析。

《遊閩吟草》顧名思義其內容主要是寫馮夢龍宦遊福建時對福建，特別是壽寧風土人文的所見所感。既有上任時的躊躇滿志，也有體察民情時的憂心忡忡、赤子情懷，以及遊子漂泊他鄉的桑梓眷戀。語言平實質樸，通達曉暢，近於白樂天之體。藝術特色大體是託物以言志，語言風格清新自然，富有哲理，生活氣息濃厚。細讀之餘可以發現字裏行間包含著濃厚的閩東地域特色，以及詩人強烈的民生之憂和隱約的身世之感。

從上文對《春日往府》詩所做的考釋中就可以感受到詩中極具閩東地域特色的鮮活意象。詩人宦遊及此，其蘊藏在詩作中的文學空間自然也會發生相應的變化。馮夢龍早年在江南寫的詩作以愛情題材為主，風格纖穠豔麗，情感多為兒女情長，基調纏綿悱惻。既有江南水的嫵媚纖柔，也有煙雨朦朧中的蘊藉含蓄。而閩東山多、雲多，重巒疊翠，嶺峻溪深，自當又是另一番景象。所以在馮氏有關壽寧的詩作中多以山、雲、溪、橋、竹、樹、嶺等山區慣有的物象為描寫對象，極盡其物態之妙，眼界之奇。如《石門隘》詩云：

削壁遮天半，捫蘿未得門。
鑿開山混沌，別有古乾坤。
鎖嶺居當要，臨溪勢覺尊。
筍輿肩側過，猶恐礙雲根。

懸崖陡峭，壁立千仞，高聳雲端又似乎要遮掩住天的一半。用手摸索蔓延滋長的藤蘿，卻找不到可以通行的門道，只能用人力鑿開混沌的山岩，才能看到隱藏在巨岩背後的天地。石門隘如一把巨鎖，鎖住了嶺上的要道，在深溪巨壑的映襯下，更增添了它的險峻。以致車馬側身經過時，深怕礙著低垂的雲根。據康熙版《壽寧縣志》卷一《地輿志・山川》記載，這裏有人工開鑿的山岩隧道，此道是壽寧前往府治建州的必經之路。壽寧民諺猶有「三根蠟燭過岩洞」之說，可見岩洞之深邃。如果更進一層地結合馮夢龍在壽寧施政過程中所遇到的一系列「肘掣於地方」的事實，不難理解，「鎖嶺居當要」的還有官場的腐敗、制度的陳腐和身份資格的束縛。而「筍輿肩側過，猶恐礙雲根」則生動形象地寫出了地方小吏的那種如履薄冰的心理和尷尬的處境。

寫到山必然提到雲，「地僻人難到，山多雲易生」（《戴清亭》）就是馮夢龍對壽寧地理氣象特徵的準確概括。《紀雲》小詩就是主要寫雲的：

出岫看徐升，紛綸散鬱蒸。蓮花金朵朵，龍甲錦層層。
似浪千重擁，成文五色凝。不須占太史，瑞氣識年登。

雲從山後徐徐升起，時而紛繁如帶，時而濃厚蒸騰。既像朵朵金色蓮花，又似層層龍甲，紫氣氤氳。待其成勢之時，如千重巨浪蜂擁而至，五色交輝，凝結成道道血紅的紋路，染透天幕。不須要再去占卜問卦，這祥雲瑞靄已預示著眼下必會是一個豐收的大年。馮夢龍在《壽寧待志》卷下《祥瑞》中記錄了這件事：「余於崇禎七年甲戌八月十一日到任，次日申刻見黃雲朵朵，自西而東，良久忽成五色，最後變為紅霞。平生所未睹也，余喜而賦詩。是年果有年。」他是在到壽寧的第二天作的這首詩，在輕快的語言中我們可以感受到他在花甲之年得遂平生之志的歡愉和初來乍到時的新鮮感。此詩將閩東山區的多雲天氣，特別是晚霞的紛繁變化刻畫得如在眼前，令人有身臨其境之感。

馮夢龍的《竹米》、《瑞禾》二詩亦是以物產為題。《竹米》一詩即寫到竹：

不識乾坤德，徒矜草木祥。萬竿非樹藝，三夏接青黃。
競採兒童便，經春黍稷香。荒山無賦稅，多產亦何妨。

不意龍鍾態，翻成鳳食祥。剖疑麥子瘦，開彷稻花黃。
無禁攜筐便，相宜入爨香。此君生意在，暫槁亦何妨。

第一首寫到，人們只是關注於草木所表現出的祥瑞，卻不知道是天地的恩德，竹本不是有意種植，卻在夏季意外地結出了糧食。鄉村的兒童競相採擷，整個春天變得稻香四溢。荒山並不像人世一樣有許多的稅賦，又何妨再生長得更多一些呢！第二首步上一首的韻腳，繼續抒發自己的驚奇和喜悅。沒想到枯竹反而呈祥，剖開後懷疑是瘦癟的麥子，其花則如金黃的稻花。將它採回後煮成米飯，清香可人。末兩句昇華主旨，揭示竹米中所蘊含的生命意義，感慨竹葉暫時的枯槁卻換來了糧食的豐收，實是詩人內心真實情感志趣的表達。

「竹米」是極為罕見特殊的物產。《壽寧待志》卷上《物產》中特別提到「竹類舊志已詳，但方竹難得之物，僅托溪西嚴寺有種」，又「筍四時不絕，有石筍、金竹筍、雷筍、綠筍、惟貓筍最大，苦筍稍苦。化筍雖細亦可食，惟油筍不可食」。壽寧人食筍的古風至今猶存，尤喜食山林野筍，製法多樣，遂為岩邑特色山珍。馮於《壽寧待志》卷下《祥瑞》中記道：「壽邑萬山逶迤，花竹繁殖。崇禎八年，竹間有生米者，是歲秋成大損，疑為不祥。九年春夏之交，遍山皆竹米，形如小麥。值米貴民乏食，取而粉之可粥，舂之可飯。於是闔邑競採……民賴活之。惟壽境則有，越界則無矣。」據乾隆《福建通志》卷六十五載：「崇禎八年，壽寧竹生米，形如小麥。九年，遍山竹皆生米，時大旱米貴，闔邑競採食之，開倉發糶，民賴以濟。」可為旁證。

又「是夏不雨，余益疑其防穀，乃甘霖應禱，年臻大有，漁溪一帶禾穗竟有兩岐、三岐者」。如果說對於「竹米」所表現出的還有一定比較明顯的新鮮和驚奇的話，那麼《瑞禾》的創作純粹是出於對民生疾苦的深切同情所轉向於對蒼天感應的神性崇拜。其詩云：

靈雨欣隨禱，嘉禾喜報秋。疑分九穗種，應使兩岐羞。
預擬公儲滿，聊寬瘠土憂。須知天幸偶，莫侈積如丘。
簌簌迎風重，垂垂浥露多。分岐珠累串，合影玉聯窩。
已卜雞豚飽，無勞鴻雁歌。窮民猶蹙額，五月賣新禾。

欣喜於靈雨隨著禱告而下，蔥翠的禾苗預示著一個豐收的秋季即將到來，更令人驚喜的是今年的禾苗竟還出現兩岐、三岐的祥瑞。原以為可以糧倉豐滿，緩解土地的貧瘠，但到頭來貧苦的百姓依然眉頭緊鎖，新苗還沒有長成就因為生活的窘迫而賣出。一種民生之憂又自然地流露筆端，真可謂「做一分亦是一分功業，寬一分亦是一分恩惠」，只存「一念為民之心」而已。以馮夢龍為官的品質和任上的所作所為可以肯定，其在壽寧的詩作有很大一部分是抒發這樣一種哀民生之多艱的時世之作。這類詩作遵循「文章合為時而著，歌詩合為事而作」的現實主義創作原則，以官場的切身經歷極力揭示政治的腐敗，反映下層百姓的疾苦。遺詩中最為突出的當數《催徵》一詩，其詩云：

不能天雨粟，未免吏呼門。聚斂非吾術，憂時奉至尊。
帶青糶早稻，垂白鬻孤孫。安得烽煙息，敷天頌聖恩。

此詩後被鍾惺改題為《催科》，與《春日往府》一起收入《明詩歸》卷七「馮猶龍」條下。馮夢龍名下僅此兩詩，亦可看出宦壽時期的詩歌成就受到了主張獨抒性靈的竟陵派的認可與推崇。此詩收錄時個別字句小有改動，第一句改成「不聞天雨粟」，第三句改成「聚斂非吾事」，末一句改成「敷天沐聖恩」。詩後鍾惺評曰：「猶是催科，而中存仁愛，此儒吏、俗吏之別。」「仁愛」是儒家思想的核心，而在「吏」前綴以「儒」更是給予馮夢龍在壽寧的政績以崇高的評價。

明末朝廷宦官專權，吏治腐敗，農民起義紛起雲湧；東北則後金政權覬覦關內，戰事頻仍，正是大明王朝內憂外困之時。朝廷一味借助國家機器巧立名目，加緊盤剝，致使生靈塗炭，民不聊生。馮夢龍作為富有良知的一方文人知縣，如魚飲水，其中冷暖真切自知。特於《壽寧待志》中設《賦稅》一目，備載煩名瑣目。僅從萬曆二十年至崇禎十年的記載來看，賦稅多用於朝廷兵餉，標明「扣減」、「裁減」、「裁扣」、「借扣」的名目多不勝數。在此危難的多事之秋，還要捐助皇家陵寢的修建，「自三年（崇禎三年）起至今（崇禎十年）尚未停止」。馮夢龍從行文中所流露出的無計可施，如巧婦難為無米之炊的窘迫是可想而知的。

「不能天雨粟，未免吏呼門。」此句表達出對於現實的無奈與身不由己。唯有希望上天能夠化雨降粟，以解蒼生饑饉之苦，這同時也能夠維持一個清高文人的自重與矜持。「聚斂非吾術，憂時奉至尊。帶青礱早稻，垂白鬻孤孫。」這是怎樣一種靈與肉的矛盾鬱結啊！夢想著走上仕途經濟後能夠撫心世道，但又一直懷才不遇，生不逢時，一種生命與才華的自愴，時時在內心如波濤翻滾，難以平息。為國與為民在即將國破家亡之際，怎麼就走向了二律悖反，成了對立面了呢？以國家的名義殺人，能殺人於無聲無形之中，到頭來最終無謂犧牲的還是無權無勢的平頭百姓。「安得烽煙息，敷天頌聖恩。」終究擺脫不了「君君臣臣，父父子子」的君權神話，繫天下興亡於一人之身是不可取的。其實即使是所謂的明君聖主也並沒有改變階級的對立和國民的奴性，他們的明智之處就在於善於用短暫的安定捕獲久經戰火灼燒而渴望片刻喘息的民心而已。

我們在馮夢龍的白描鋪敘中除了感受到濃郁的閩東地域特色和家國之憂外，還能隱約地觸摸到這位花甲老人的生命之感、歲月之歎。《紀雲》小詩色彩絢麗，基調明快，可謂馮夢龍平生第一快詩。這種詩境是源於久困諸生後的撥雲見日，豁然開朗，心境是愉悅，舒暢的。而寫《石門隘》時的心態卻是困惑的、矛盾的，隱含了經歷仕途後的思索與迷茫。《寄馮壽寧》札中的「三杯古驛談鄉事，也算家園一紙書。」「二十四橋埋草徑，獨留夜月想煙花。」均是遊子對故園的縈迴夢繞。《戴清亭》則是其人生哲學的形象注腳，詩云：

縣在翠微處，浮家似錦棚。
三峰南入幕，萬樹北遮城。

地僻人難到，山多雲易生。
老梅標冷趣，我與爾同清。

首聯如前所述，點出了壽寧的地理特徵和民居特色。「縣在翠微處，浮家似錦棚。」寫出了壽寧縣城坐落釜底，四面環山的地勢特點，於松濤竹海之間，點綴著落落村煙，那鋪設著黛瓦的屋頂，從遠處看去，好似浮在起伏的青山綠浪之表的錦棚繡塌。頷聯中的三峰是正對縣衙的位於縣城南面的三座山峰，縣衙所在的鎮武山上密林遮天蔽日，勢如壓城。頸聯雖是直寫壽寧地處偏僻，卻寄託了馮夢龍的身世之歎，心中隱隱的一絲悲涼，油然而生。尾聯話鋒一轉，人與梅諧，天地為之開闊，意境渾融，詩人的情感也頓時豁然。我們可以想像，在政務之暇，馮縣令獨立戴清亭下，面對寒梅的一枝獨秀，撚鬚吟詠時的風神逸致。在山河破碎的哀婉之餘，借得寒冬老梅的暗香浮動，棲息於內心深處的詩意花園。這是對孤寂心靈的撫慰，是對六十年華的靈魂扣問。既是屈子「舉世皆濁我獨清」的精神餘響，也是于謙「粉身碎骨渾不怕，要留清白在人間」的誓言傳承。「老梅標冷趣，我與爾同清。」借老梅之形質，寄託自己的為官哲學，不願同流合污的意志是堅貞而剛毅的，馮夢龍此時的心境已溶入到馥郁花香的清潔不污之中，物我同一，靈肉諧和。

這種民生之憂與身世之感是糾纏在一起的一對意緒，它共同建構起了馮夢龍作為文人知縣的社會良知和文化人格，值得我們發揚光大。

第三章

馮夢龍宦遊壽寧行跡、政績編年

（編者按：此編年是以馮夢龍宦遊壽寧的行跡及政績為主要內容的資料彙編，主要以高洪鈞先生《馮夢龍年譜》為底本，參之徐朔方先生《馮夢龍年譜》，其他亦多方援引，不一一標示出處，希望能夠對於馮夢龍與壽寧的相關研究及文學藝術創作起到拋磚引玉的作用。）

馮夢龍（一五七四—一六四六），字子猶，一字耳猶，又字猶龍；別號有龍子猶、猶龍子、顧曲散人、古吳詞奴（吳下詞奴）、姑蘇詞奴、茂苑外史（茂苑野史）、前周柱史、墨憨齋主人、綠天館主人、可一居士（可一主人）、香月居主人、詹詹外史、七樂生、菰蘆龍郎、鬌翁等。與兄馮夢桂、弟馮夢熊時稱「吳下三馮」，出生於理學名家，皆有聲名，其中以馮夢龍名最著。馮夢龍作為明代著名的通俗文學大家，文學成就突出，編著有聞名遐邇的「三言」（《喻世明言》、《警世通言》、《醒世恆言》）、《情史》、《智囊》、《新列國志》、《山歌》、《笑府》等。

明崇禎《壽寧待志》卷下《官司》載：「馮夢龍，直隸蘇州府吳縣籍長洲縣人，由歲貢於崇禎七年任。」清同治《蘇州府志》卷十八《人物》亦載：「馮夢龍，字子猶，才情跌宕，詩文麗藻，尤明經學。崇禎時，以貢選壽寧知縣。」

西元１６３０年　明崇禎三年庚午　後金天聰四年

五十七歲

◎久困諸生間，於這一年被選為貢生（馮夢龍應該很早就參加科舉考試，但由於資料匱乏，不知確切如何），資歷、地位皆不如進士。（見同治《蘇州府志》卷六十二《選舉四》，及《壽寧待志》卷下《官司》。）

按：《明史》卷七十一《選舉》：「知縣及學官由舉人、貢生選。」

◎春夏間，祁彪佳來書信索閱《太霞新奏》。

《遠山堂尺牘》抄本（庚午春夏季）中有祁彪佳致馮夢龍信《與馮猶龍》：「恨生平不得一奉馮先生顏色，乃至咫尺清光而睽違如故也……《太霞新奏》敢乞一部。」據王思任《祁忠敏公年譜》，祁彪佳是年二十九歲，丁父憂在老家紹興。

按：祁彪佳（一六〇二－一六四五），字弘吉，號虎子，浙江山陰人。天啟二年進士，崇禎間累官至右僉都御史巡撫江南。父祁承爜（一五六三－一六二八），字爾光，號夷度，一號曠翁，萬曆三十二年進士，累官至江西右參政。著名藏書家，有澹生堂藏書。三十五年為長洲知縣，馮夢龍為其治下諸生，曾邀請馮作《雙雄記》傳奇。

西元一六三一年　明崇禎四年辛未　後金天聰五年

五十八歲

◎出任丹徒（今江蘇鎮江）訓導。

《壽寧待志》卷上《升科》：

因思前司訓丹徒時，適焦山沙長數里，諸勢家紛紛爭佃。然有長則必有攤，長則議增，攤不議減，宗祖承佃，遺累子孫，坐此破家，歷歷可數。

西元一六三二年　明崇禎五年壬申　後金天聰六年

五十九歲

◎在丹徒訓導任上，議遷尊經閣。

光緒《丹徒縣志》卷十九《學校編》：

崇禎五年壬申，以知縣張文光從訓導馮夢龍等議，用方輿家言，高大巽方建龍門，遷尊經閣移置敬一亭。

按：此處張文光應為石景雲，《丹徒縣志》之誤。

西元一六三三年　明崇禎六年癸酉　後金天聰七年

六十歲

◎三月，祁彪佳被任命為蘇松巡撫，馮夢龍受託收集傳奇作品。（據《祁忠敏公日記》，今年三月祁彪佳巡按蘇松。）

沈自晉〈《重定南詞全譜》凡例續紀〉云：

祁公前來巡按時，託子猶遍索先詞隱（即沈璟）傳奇及余拙刻，並吾家諸弟侄輩諸詞殆盡。向以知音，特善子猶。是日（甲申冬杪）送及平川而別。

祁彪佳《按吳尺牘》癸酉秋冊有《與馮學博猶龍》云：

夙耳芳聲，幸瞻風采。昨承佳刻，頓豁蓬心。三吳為載籍淵藪，凡為古今名賢所纂輯著述者，不論坊刻家藏，俱煩門下裒集其目，仍開列某書某人所刻，出於何地，庶藉手以披獲數種，聊解蠹魚之僻（癖），拜教多矣。諸不一。南都近日新刻有足觀者，望並示數種之目。

◎六月，朝廷頒佈《崇禎皇帝聖諭》，要求地方宣傳《孝經》，馮夢龍編撰成《孝經翼》一書。同時撰有《四書指月》講義，供丹徒縣學之用。

◎秋，攜阮大鋮同遊鎮江北固山。

按：阮大鋮《詠懷堂詩》卷三有《同虞來初、馮夢龍、潘國美、彭天錫登北固甘露寺》詩：

莫禦馮高意，同人況復臨。
雲霞鄰海色，鴻雁赴霜心。
川氣飲殘日，天風侮定林。
無嫌誦居淺，暝月已蕭森。

按：阮大鋮（一五八七—一六四六），字集之，號圓海，一號石巢，又號百子山樵，安徽懷寧人。萬曆丙辰（一六一六）進士，據《明史》卷三〇八本傳云：「崇禎元年，起光祿卿，御史毛羽健劾其黨邪罷去。明年定逆案，論贖徒為民。終莊烈帝世廢斥十七年，鬱鬱不得志。」流寓金陵，與馬士英深相結納。福王立，為兵部尚書。後降清，為人不齒。富文學才華，有傳奇《燕子箋》等十種，另有詩文集《詠懷堂全集》存世。虞來初，金壇人。彭天錫，溧水（今溧陽）人。均能演戲。

◎得艾容贈詩〈寄馮夢龍京口，著《智囊》、《衡庫》等集〉，詩云：

幾載行雲寄遠思，美人相望在江湄。

《智囊》自屬救時宰，經筵原為天下師。
月滿絳紗移樂部，風清狠石看潮時。
海門樽酒言何日，寒氣城高詠昔詩。

按：艾容，字子魏，明上元（今南京市）人。天啟六年副貢生，嘗客山東總兵劉總幕府。所著《微塵閣稿》卷七載本詩。

◎向縣令石景雲言升科之弊。

《壽寧待志》卷上《升科》載：

天下有名美而實不美者，升科是也……因思前司訓丹徒時……余曾苦口為石令景雲言之，求其踏堪條陳，即以新佃准銷歸攤之額，利民甚博。景雲慨然力任，會調宜興而止。

石景雲，名確，湖廣黃梅人。明崇禎四年進士，出為丹徒縣令。六年，調任宜興。

西元一六三四年　明崇禎七年甲戌　後金天聰八年

六十一歲　從丹徒訓導升任壽寧知縣第一年

◎將其在丹徒訓導任上所著的《四書指月》講義刊印成書。長洲陳仁錫為之序：

猶龍氏靈心慧解，以鏡花水月之趣指點道妙。已說《春秋》行世，茲複鋟《四書指月》而問序於予。予惟《大學》一書首定盤局，知所先後；《中庸》一書務致中和，絕去流倚。以此學習，以此為政，盡其心，自心開一天焉；修其身，自身立一命焉。而後「四書」之義始備，故胸中無一物可以用人，胸中無一事可以讀書。難言哉！半部《論語》佐天下，得無太易乎？則乾坤足矣，卦何以八，又何以六十四？一奇一偶足矣。爻何以六，又何以三百八十有餘？意者缺一卦，減一爻，亦有所不可歟？猶之相宋而闊幽燕，毋乃非歟？噫！非作相之難，讀書之難也；非讀半部之難，讀全書之難也。嘗思之，《大學》之旨，歸於所厚，雖平天下亦復如是。不知厚字平字如何下手，如天而其天，如淵而其淵，其天其淵，而淵淵，而浩浩。夫如是恭乃篤也。不知篤字如何下手，忠恕一貫可行，終以泰山岩岩之象，及其細心體貼，不過曰「強恕」

而已。又不知強恕二字如何下手，倘亦《指月》之意歟？有終身焉耳矣。陳仁錫撰。

按：陳仁錫（一五七九—一六三四），字明卿，號芝臺，長洲人。天啟二年進士，官至南京國子祭酒，卒謚文莊。《四書指月》現存北京圖書館，為寫刻本。

◎升任福建壽寧知縣。

六月十三日，赴常熟進謁蘇松巡撫祁彪佳。《祁忠敏公日記》是日載：「廣文馮猶龍亦以升令進謁。」廣文，指馮夢龍原任丹徒訓導。另，《壽寧待志》卷下《官司》：「繇歲貢於崇禎七年任。」

◎赴閩途中，社友張我城送至吳江，船過松陵時於舟上撰成《智囊補》序言，云：

憶丙寅歲，余坐蔣氏三徑齋小樓近兩月，輯成《智囊》二十七卷。以請教於海內之明哲，往往濫蒙嘉許，而嗜痂者遂冀余有續刻。余菰蘆中老儒爾，目未睹西山之祕笈，耳未聞海外之僻事，安所得匹此者而續之？顧數年以來，聞見所觸，苟鄰於智，未嘗不存諸胸臆，以此補前輯所未備，庶幾其可。雖然，岳忠武有言：「運用之妙，在乎一心。」善用之，嗚吠之長可以逃死；不善用之，則馬服之書無以救敗。故以羊悟馬，前刻已慶其繁；執方療疾，再補尚虞其寡，第餘更有說焉。唐太宗喜右軍筆意，命書家分臨蘭亭本，各因其質，勿泥形模，而民間片紙隻字，乃至搜括無遺。佛法上乘，不立文字，四十二章後，增添至五千四十八卷而猶未已。故致用雖貴乎神明，往跡何妨乎多識？茲補或亦海內明哲之所不棄，不止塞嗜痂者之請而已也。書成，值余將赴閩中，而社友德仲氏以送余故，同至松陵。德仲先行余《指月》、《衡庫》諸書，蓋嗜痂之尤者。因述是語，為敘而之畀。吳門馮夢龍題於松陵之舟中。

按：張我城，字德仲，被舉為賢良方正，著有《廣雅集》。馮夢龍好友。

◎八月十一日到達壽寧任所，次日作《紀雲》小詩：

出岫看徐升，紛綸散鬱蒸。
蓮花金朵朵，龍甲錦層層。

似浪千重擁，成文五色凝。
不須占太史，瑞氣識年登。

據《壽寧待志》卷下《祥瑞》：

余於崇禎七年甲戌八月十一日到任，次日申刻見黃雲朵朵，自西而東，良久忽成五色，最後變為紅霞，平生所未睹也。余喜而賦詩，是年果有年。

◎秋，舉王金德為耆民。（《壽寧待志》卷下《勸誡》）

◎出於「磨世砥俗，必章勸誡」的目的，把一個名叫符豐的人名刻在申明亭上，以儆效尤。

據《壽寧待志》卷下《勸誡》：

符豐者，余初蒞任時所申也。仇視其族，遍訟各臺，更名借籍，誣殺陷盜，如鬼如蜮，不可端倪。

按：明太祖於洪武五年「命有司於內外府、州、縣及鄉之里社，皆建申明亭。凡境內人，民有犯者，書其過、名榜於亭上，使人有所懲戒。」（《續通志・刑法略・歷代刑制》）

◎上任伊始即著手施政。既著手於維持社會安定，又偏重於境內政權硬體設施的完善與建設。

聞縣城虎患，捐俸除害。據《壽寧待志》卷下《虎暴》：

余蒞任日，聞西門外虎暴，傷人且百餘矣。城門久廢，虎夜入咬豬犬去。禱於城隍，不能止。平溪有匠周姓者，善為阱。其制如小屋一間，分為三直，內外壯檯，閉羊左右以餌虎，空其中設機焉。觸之則兩閘俱下，虎困而吼，眾乃起而斃之。余捐俸造數具，置虎常遊處，各畀二羊，責令居民守視，獲一虎賞三金。半載間，山后、溪頭及平溪連斃三虎，自是絕跡。相傳，虎腹中有惡貫，藏人指甲，貫滿則死，驗之不然。

惟謂虎食人多，則耳缺如鋸，閱虎耳完缺不同，是疑有之。父老言，壽向無虎患，自西門城樓塌毀後，乃有虎。余重建四樓，虎遂投阱，堪輿之說未可盡誣也。

重立譙樓，修城牆，築關隘，立鋪遞牌坊，加強武備。據《壽寧待志》卷上《鋪遞》：

正道通政和者六：曰總鋪，曰葉洋，曰芹洋，曰尤溪，曰平溪。……余每鋪立一牌坊，標名某鋪。至南溪界首，復立坊題曰「政壽交界」，使入吾境者可計程而達也。……

余懲頑民陳伯進之事，乃請詳上臺，本縣例有候缺巡簡一名，縣僻事簡，無所用之，責令駐紮七都，一切征逋、提犯俱責成之。仍戒以毋受詞、毋擅決、毋生事、毋褻體，所謂移無用之官為有用，而收化外之民於化內也。已蒙批允，即將泗洲橋公館增添一進為巡簡衙門，將來或可望革面。

【附】《壽寧待志》卷下《勸誡》：

陳伯進，七都泗州橋人。父以主訟問徒，家破盡。進唱楊花丐食，往來於磻溪、西溪之間。因與盜通家，道漸起，恃其口舌，遂為一方之霸。殺人屢案，皆以賄脫，固已弄官府於掌上矣。余蒞事以來，凡從來難致之犯，如黃茂十、范應龍無不就讞，而獨不能致伯進。縣差至，闔其門，挈湯壺從樓窗灌下，潰面而返。余恥其衡命，因郡歸之便，親往索之，而進糾西溪惡黨朱仙堂等持挺相抗。今雖申究問徒，未蔽其辜，終當以丹書垂戒。

又據《壽寧待志》卷上《城隘》：

城囿萬山之中，形如釜底，中隔大溪。向雖樹柵，終不能阻，所恃者隘耳。然倉庫、獄囚以城為欄，自遭倭殘毀，知縣戴鏜請加增築，不果。從此，日就崩塌，四門蕩然，出入不禁。且通縣無更鼓，五夜夢夢。余初蒞任，即以憂深牖戶，萬難坐視事，申請各臺蠲俸蠲贖，重立四門譙樓，城之崩塌處悉加修築。然小東門一帶約數丈，較他處低尺許，尚未加增，以乏石料有待。又置大鼓一面，設司更一名於縣之門樓。又修復東壩，蓄水數尺於城內，規模亦似粗備矣。若溪中之柵，苦乏大材，此一段工程，將來亦不可缺。……

……車嶺關即車嶺頭，去縣二十五里，一線千仞，仰關者無所措足。東南路第一險峻處，有扁曰「南門鎖鑰」。邇來一望茅塞，不逞伏莽，早暮風雨，行人戒心。嶺有小庵，道人亦委而去之。余謂復關必先復庵，乃招庵主，使之增葺牆屋，復給資令墾荒田數畝，行道稍不寂寞。異日，資糧、火藥以庵為外府，即萬一增添戍守，亦不患棲息之無所矣。……

有《石門隘》小詩：

削壁遮天半，捫蘿未得門。
鑿開山混沌，別有古乾坤。
鎖嶺居當要，臨溪勢覺尊。
筍輿肩側過，猶恐礙雲根。

整狴犴，訓練縣壯、民壯，規範軍備。並欲改革銀坑守兵空吃軍餉和倉貯之弊；向上臺中請置巡簡一名於泗洲橋，得到批覆，並將泗洲橋公館增添一進為巡簡衙門。據《壽寧待志》卷上《兵壯》：

縣壯素不嫻武，余立正教師一名，副教師二名專主教訓。月必親試，嚴其賞罰。人知自奮，有稍暇即往演習。……

民壯不足，轉議鄉兵。……往時有鄉兵冊籍，要皆畫餅。余奉上臺之命，亦曾責成里長報名具結，各保、鄉、村，按籍非不井如，然不敢謂訓練之有實政也。……今四隘新復，欲於附近處團結隘兵，然不措工食，恐終非久遠之策。

壽縣銀坑凡七，或絕或禁，惟大寶坑離城四十里，在十一都，近泰順，設縣時尚行採取。置千、百戶各一員，旗軍二百名。弘治間裁革百名。嘉靖中封閉，軍盡撤回，止留十名看守，以遠戍勞苦，獨給全糈。然衛中歲行空文關知捕廳而已，縣不與聞。余察之，實無一軍至者，乃申詳上臺，欲移此費以募隘兵。本府複查謂：軍糧有定制，但喚回別差操，並去此籍。當此民窮財盡之秋，萬一地方多事，礦盜復發，將無反以革軍籍口厲階乎？愚意軍糧既不便轉移，宜將本縣解府、驛遞、鹽鈔等項錢糧，准扣抵七十二兩之數存縣。使軍糧月於本縣請支，則衛無虛冒，而縣仍得拾軍之用，守坑、守隘無所不可，俟後人圖之，余不敢再詳矣。

按：欲改革銀坑守兵之弊以招隘兵應在修隘之後不久，故將《兵壯》一條列於此。

又據《壽寧待志》卷上《縣治》：

縣少重囚，故無監、鋪之分。狴犴一區在二門之西，偏北三間亦號「重監」，南二間則曰「輕監」。余添造一間，不令重加於輕。然時時盡空，不煩獄卒報平安也。

儀仗庫在堂東廂讚政廳之後。然實無鹵簿，惟龍亭、香案，而年久敝壞，聯以索絇。余至始修整彩繪，設五龍帳，置赭傘、金瓜，規模稍立。於堂東隙地，別建一楹供養，扁曰「鑾駕庫」，使人知敬。

按舊志，四知堂在川堂，知縣戴鏜建，今並其扁失之矣。余修理後堂，重立四知堂扁，以存往跡。

按：監獄屬於政權的暴力機構，不可或缺，雖沒有具體指明確切時間，但從文義可知當為上任之初事。由「時時盡空」亦可反襯出馮夢龍任上壽寧社會秩序的相對安定，其施政有所起色。

【附】《壽寧待志》卷上《獄訟》：

壽人兇悍有出理外者。青竹嶺村人姜廷盛，盛氣而來，謂同弟徵糧至三望洋地方，為劉世童劫其糧而砍傷其弟。保家鑿鑿為證，驗傷刀創可畏。未幾，世童亦至，訴云廷盛自砍其弟，欲以詐之。余念兄無砍弟之理，且白晝自砍，何能詐人？然廷盛蓬垢不可近，而世童衣履如常，應對暇豫，又不似曾交手者，且各召保。次日午，余命輿拜客，既出西門，徑詣三望洋，遍詢父老兒童，莫不言廷盛自砍。聞其親姨吳氏，爾時曾來勸解，所居不遠，召至詢之，亦但言誤傷。而童子姜正傳即廷盛本族，乃目擊其事奔報吳氏者，言自砍不虛。詳究其故。廷盛以里役事，苛責世童，世童首之縣，廷盛恨甚；有弟瘋手，盛素惡其坐食。至是，攜之詣劉索鬥，冀一交手則斃弟以陷之；劉不與角，益憤且慚。值肉案有屠刀，即取之擲弟，中額，血被面，盛亦取自塗而為膚受之訴耳。始知天理所必無，未必非人情所或有也。余乃重撲廷盛，取同保家甘結，俾領弟回療治。若不死，許從寬政，否則爾償！盛計窘，謹為調護，遂得無恙。假使余不躬往或往而不密，必為信理所誤矣。令此地者當知之。

按：處理的「姜庭盛誣告案」及智擒陳伯進都可以看出馮夢龍的親力親為以及在調查案件過程中能夠實地勘察探訪，明辨是非，為民洗冤。

修葺倉屋，謀及發銀換穀；仿效戴鏜良法，政事初見成效。據《壽寧待志》卷上《積貯》：

舊志，際留倉、預備倉俱在幕廳前，有官廳一所。今朝南倉屋二間已毀，惟朝北倉屋四間，余修葺之……

余蒞任初年，謀及發銀換穀一事，認領則大戶之報名未實，冒領則棍徒之誆脫可虞，發銀甚易，完穀甚難，徒長里胥之奸，莫究倉廩之匱。查前任戴知縣鏜，曾經申請將贖銀貯庫不發，於每歲開徵日，令糧戶有米一石者，於徭差銀內扣出三錢，責令輸穀一石，所扣徭差即以貯庫贖銀抵債。官無發糶之擾，民有樂輸之便，載在舊志，誠然良法。余師而行之，故三年以來，儲俱見穀。然更有可商者，壽邑山路崎嶇，負擔為苦，此法便於近，不便於遠。……余因隘工未畢，物力不繼，尚未請詳，姑少待之。

西元一六三五年　明崇禎八年乙亥　後金天聰九年

六十二歲　任壽寧知縣第二年

◎春，赴建州期會，結交詩人徐𤊹。赴府途中有《春日往府》詩一首：

春日下山腰，春風寒欲消。
草絲逢石罅，桃葉襯花嬌。
水道將添筧，燒痕漸減焦。
只愁零雨至，尚有未成橋。

按：馮夢龍赴建州的記載只此一次，故此詩寫作時間暫定於此。明竟陵派的代表人物鍾惺、譚元春將此詩收入《明詩歸》，並有評語云：「字字留心民事，而情深眼細，與紗帽套頭語不同。」從中可知，在鍾、譚的眼裏，此詩當為任上所作。再，從本詩中所出現的諸多意象來看，本詩所描述的景象一如《壽寧待志》一樣極具壽寧地域特色，亦可論證作於壽寧任上。

徐熥，字惟起，又字興公，福建晉安人。工文，善草隸詩歌。萬曆間與曹學佺狎主閩中詩壇，於鼇峰之麓有紅雨樓藏書樓，積書數萬卷，以布衣終。著有《紅雨樓集》、《鼇峰集》等。「鈔本《鼇峰集》僅存崇禎六年至七年三年的七律之作，今存福建省圖書館。鈔本《鼇峰集》所錄詩，均按詩作品選前後排列，從作品可以考得，崇禎八年乙亥（一六三五）三月上已，徐熥動身前往建州。經劍津，數天後到達建州，訪甌寧令詹月如、建安令馬石建，有倡和之作。」（陳煒《馮夢龍〈閩遊草〉及其他——馮夢龍與徐熥的一段交往》，見《福州大學學報（哲學社會科學版）》二〇〇七年第六期）其於明年即崇禎丙子年（一六三六）丙子中秋所撰《壽寧馮父母詩序》中回憶道：

> 予聞先生名且久，竟孤一面識。昨歲浪遊建州，而先生新拜壽寧令，赴大府期會，彼此投刺，交相重而交相賞也。

說的就是這一次的相會相識。建州和大府即當時建寧府治所在，今福建建甌。又據徐熥《寄馮壽寧》札：「建州蘭若，獲侍膺門，數十年企仰私衷，一旦傾倒，足快平生。」可知會面地點為建州蘭若，即建州符山寺，徐熥三月到建州後，直至臘月前去武夷，一直就寓於此寺。此次相會徐燉有《贈壽寧馮猶龍令君》詩相贈：

溪跨長橋映門文，專城初借大馮君。
縣從景泰年間設，地盡韓陽盡處分。
農野餂殘歌夜月，公庭訟簡閉春雲。
新聲最是吳歌豔，近製填詞願一聞。

按：此詩在《詹月如令君招飲葉園三月晦日》後、《送樊紫蓋兵憲還楚四月廿八日》前，故知作於是年四月。見於《鼇峰集》鈔本，現藏福建省圖書館。

◎舉十都二圖人蔡仁貴為耆民。據《壽寧待志》卷下《勸誡》。

◎為革弊政，向上司上條陳十三款。詳細內容見《壽寧待志》卷下《里役》篇，今僅存「迎新送舊」一款，其餘佚。

◎於縣學立月課，親授《四書指月》。

據《壽寧待志》卷上《風俗》：

學校雖設，讀書者少。自設縣至今，科第斬然。經書而外，典籍寥寥，書賈亦絕無至者。父兄教子弟以成篇為能，以遊泮為足，以食餼為至。舊志謂「家藏法律，戶有詩書」，倘所云張楚者與？自余立月課，且頒《四書指月》親為講解，士欣欣漸有進取之志，將來或未量也。

……平民不識一丁，苟掛名縣試，公庭對簿，自稱童生。余曾試一二破題，不能作，責之。自此，偽童稍阻，然真童稱童生如故。

◎移舊俗，捐俸施藥。據《壽寧待志》卷上《風俗》篇：

俗信巫不信醫，每病必召巫師迎神，鄰人競以鑼鼓相助，謂之「打尫」，尤云「驅祟」。皆饜酒肉於病家，不打尫則鄰人寂寞，輒謗為薄。當打尫時，或舉家競觀，病人骨冷而猶未知者。自余示禁且捐俸施藥，人稍知就醫。然鄉村此風不能盡革也。

頒告示，禁溺女。據《壽寧待志》卷上《風俗》篇：

壽寧縣正堂馮，為嚴禁淹女以懲薄俗事：訪得壽民生女多不肯留養，即時淹死，或拋棄路途，不知是何緣故？是何心腸？一般十月懷胎，吃盡辛苦，不論男女，總是骨血，何忍淹棄？為父者你自想，若不收女，你妻從何而來？為母者你自想，若不收女，你身從何而活？況且生男未必孝順，生女未必忤逆。若是有家的收養此女，何損家財？若是無家的收養此女，到八九歲過繼人家，也值銀數兩，不曾負你懷抱之恩。如今好善的百姓，畜生還怕殺害，況且活活一條性命，置之死地，你心何安？今後各鄉、各堡，但有生女不肯留養，欲行淹殺或拋棄者，許兩鄰舉首，本縣拿男子重責三十，枷號一月；首人賞銀五錢。如容隱不報，他人舉發，兩鄰同罪。或有他故，必不能留，該圖呈明，許託別家有奶者抱養。其抱養之家，本縣量給賞三錢，以旌其善。仍給照，養大之後，不許本生父母來認。每月朔望，鄉頭結狀中併入「本鄉並無淹女」等語。事關風俗，毋視泛常，須至示者。

◎捐俸建屋天地壇。據《壽寧待志》卷上《香火》：

余謂事神、治民，有司之責，未有不能事神而能治民者。於崇禎八年，已捐俸建屋二進於天地壇。

◎秋，舉五都一圖人繆曹七為耆民。據《壽寧待志》卷下《勸誡》。

◎喜清閒，戲編傳奇《萬事足》，有馮夢龍自敘，云：

蓋聞《關雎》之德，徵於小星；《螽斯》之慶，肇於《樛木》。婦人無儀，不妒為儀。然形妒者十之八，心妒者十之二，不妒者千百而一二耳。妒雖天性，強半釀成於男子。如椒丘縮臂於一呼，琅琊汗顏於九錫，尉遲馳髡首之訴，二洪協鼓盆之歡。王侯將相，勢非不隆；學士名賢，識非不廣。然莫能誦周詩以觀貞，膳倉庚而療癖。含詬忍欲，銜恨終身。甚者敝笱羞姬，回波誚李，禍水斬漢，玉環召胡，殺身亡國，亂宗絕饗。覆轍相尋，莫知省悔。所以然者，非漸於愛，即敝於弱。愛則養嬌，弱則過讓，而結之以一字，曰「懼」。懼者，妒之招也。古之治妒者，多謬託巫師神鬼之教，以儆惕淫悍。然或有信有不信。乃若朋友治妒，未之前聞。陳循事載《楮記室》，以一擊之義勇，延高公之祀於中翰，事極痛快。而邳氏知過能改，亦有足多。至梅夫人委屈進妾，成夫之美，則更出於尋常賢孝之外，可與《關雎》、《樛木》嗣音。覽斯劇者，能令丈夫愛者明，弱者有其志，勝捧誦佛說怕婆經多多矣。其閨人或覽而喜，或覽而怒。喜則我梅，怒則我邳，孰賢孰不，孰吉孰凶？到衰老沒收成時，三更夢醒，自有悔。著此自為身家百年計，勿恃陳狀元棒喝不到為幸也。姑蘇詞奴龍子猶述。

劇終有下場詩二首：

山城公署喜清閒，戲把新詞信手編。
但願閨人除妒忌，不愁家譜絕流傳。
夫妻恩愛原無礙，朋友周旋亦可憐。
少壯幾時須遠慮，休言萬事總由天。

按：從此詩一二兩句可知《萬事足》確實作於壽寧任上。另，上文徐𤊹《贈壽寧馮猶龍令君》詩中有「新聲最是吳歌豔，近製填詞願一聞」兩句，可為旁證。

◎以所刻著作寄贈祁彪佳，祁彪佳從紹興回信。時祁彪佳因病在家修養，馮夢龍在壽寧任上，從祁彪佳回信內容來看，是想託祁彪佳幫助聯繫福建巡撫應霞城調動工作。祁彪佳《與馮猶龍》札云：

台下才華肝膽，冠絕一世。昔先子幸叨一日之雅，荷台下惓惓推置，已感千古高誼；而不肖獲以共事之緣，得瞻風采，且聆棨誨，是荷三生之多幸也。因以喬遷之早，未遂推轂素心。然台下有為有守，仁聲仁聞；千村棠芾，萬姓口碑，右不肖之借光實侈矣。自慚菲劣，待罪名邦，蒙諸君子過加許可，實無以仰極地方。因病乞身入里，而抱恙轉甚。即今困頓床褥，已越四旬；忽於羅雀之門，驚承雲翰，且拜瓊瑤。在台下篤厚逾甚，不肖愧怍轉滋矣。至於鴻猷卓品，當道自加賞識。然不肖順風之呼，何敢後乎？應霞老或便道過里，不然亦必有數行相聞，定當力致循卓之政，少慊緇衣之彩也。尊刻拜教實多，不肖吳中罪狀，及先子生平，附呈郢政。不盡注切。

【附】祁彪佳事後給應霞城寫信，即《與應霞城》札：

繡斧新蒞八閩，紳弁靡不兢兢以奉功令。為賢為否，寧有遁於鑒衡之外。惟是屬在親誼，弟某有不得不一具懇款者。……至於百司濟濟，在賢可者，自有可見之長。故於同籍同鄉之中，或有清真之司李，或有敏妙之邑令，弟皆不敢漫然以推轂。惟壽寧令馮夢龍作諸生時，為先人所識拔；作學博時，又與弟有共事之誼，恐被資格所拘，難以一時露穎，並祈台台垂矓及焉。仰體憐才之盛心，遂不覺冒昧至此，統惟垂照不盡。

◎冬，修黃冊庫，構戴清亭，賦詩抒懷。據《壽寧待志》卷上《縣治》：

黃冊庫在正堂之西，年久已廢。余蒞任之次年乙亥冬，城工已畢，乃以余材成之，移址高阜，以避濕氣。崇禎七年所造之冊始有歸藏，其舊冊已糜爛不存矣。私署在鎮武山上……左隙地小屋三間，故令毛所建（按：據《壽寧待志・官司》，即毛調元，湖廣黃州府麻城縣人。萬曆四十六年至天啟元年任），前植花果，扁曰「看花處」。今惟老梅一株僅存，數百年物。余於梅下構一小亭，顏曰「戴清」，繫以小詩。右隙地側屋三間，遇緊要冊籍，余輒鎖書吏其中飲食之，事竣乃出。……

作《戴清亭》小詩：

縣在翠微處，浮家似錦棚。
三峰南入幕，萬樹北遮城。
地僻人難到，山多雲易生。
老梅標冷趣，我與爾同清。

◎臘月，編成《遊閩吟草》一卷，並將詩集寄給徐燉，請其作序，隨詩稿去書信一封。書信佚。

西元一六三六年　明崇禎九年丙子　後金天聰十年（清崇德元年）

六十三歲　任壽寧知縣第三年

◎年初，收到徐㶿《寄馮壽寧》札，云：

建州蘭若，獲侍膺門，數十年企仰私衷，一旦傾倒，足快平生。某因候送前直指使者，淹留臘殘，始歸故里。辱父台篤念貧交，遠貽竿牘，兼拜隆貺，高誼薄雲，感知曷喻，未遑裁謝，深用為悪緬。惟父台山城臥治，著作日富，鉛槧大業，侈於爰書。《古今譚概》聞而未睹，倘重殺青，願一垂示。

佳集舊歲見許，匆匆未及領教。偶於鄒平子廣文齋中見之，借而諷詠，悅目爽心。如「山屏左斷雄城接，湖鏡全開小閣懸；霓裳慣舞人如月，金谷長春夢亦香」，律體精工，當令錢、劉避席。至於「三杯古驛談鄉事，也算家園一紙書」；「二十四橋埋草徑，獨留夜月想煙花」，即太白、昌齡，亦所不能道也。《遊閩吟草》敢靳一言，然當還錦取筆之年，江郎才盡，焉能僭為玄晏乎？

日下束裝為漳南之行，容即課呈也。先此附候，不盡翹企。

按：上文見於《紅雨樓文集》鈔本，現藏福建師範大學圖書館。亦見於擁塵室鈔本《紅雨樓集》，藏於北京首都圖書館及上海圖書館。據此札的內容可以知道，徐在收到馮的詩稿後並沒有及時作序，原因是他「日下束裝為漳南之行，」只能「先此附候，不盡翹企」。先作一札報之，序則待後。其中「辱父台篤念貧交，遠貽竿牘，兼拜隆貺，高誼薄雲，感知曷喻，未遑裁謝，深用為恧緬」，也正說明了徐此札是回信。另，據陳煒先生查閱「鈔本《鼇峰集》乙亥臘月諸詩，徐㶿曾送某直指使者至武夷，時在臘月，由武夷折回又過建州，臘盡始歸福州，則《寄馮壽寧》應作於崇禎九年」（陳煒《馮夢龍〈閩遊草〉及其他——馮夢龍與徐㶿的一段交往》，見《福州大學學報（哲學社會科學版）》二〇〇七年第六期）年初。

◎春，舉十二都人姜顯五為耆民。據《壽寧待志》卷下《勸誡》。

◎四月，皇太極稱帝，改金為清，年號崇德。七月，李自成為「闖王」。

◎壽寧竹生米，奇怪的現象令馮夢龍十分驚訝，作《竹米》、《瑞禾》二詩。據《壽待志》卷下《祥瑞》：

壽邑萬山逶迤，化竹繁殖。崇禎八年，竹間有生米者，是歲秋成大損，疑為不祥。九年春夏之交，遍山皆竹米，形如小麥。值米貴民乏食，取而粉之可粥，舂之可飯。於是闔邑競採……民賴以濟。惟壽境則有，越界則無矣。是夏不雨，余益疑其妨穀，乃甘霖應禱，年臻大有，漁溪一帶竟有兩岐、三岐者……余雖無善政及民，而一念為民之心，惟天可鑒。民貧糧欠，或天可以哀壽而寬拙吏之責與？

又，《福建通志》卷六十五：

崇禎八年，壽寧竹生米，形如小麥。九年，遍山竹皆生米，時大旱米貴，闔邑競採食之，開倉發糶，民賴以濟。

可為旁證。馮夢龍作詩云：

《竹米》（二首）

不識乾坤德，徒矜草木祥。
萬竿非樹藝，三夏接青黃。
競采兒童便，經春黍稷香。
荒山無賦稅，多產亦何妨。

不意龍鍾態，翻成鳳食祥。
剖疑麥子瘦，開彷稻花黃。
無禁攜筐便，相宜入爨香。
此君生意在，暫槁亦何妨。

《瑞禾》（二首）

靈雨欣隨禱，嘉禾喜報秋。

疑分九穗種，應使兩岐羞。
預擬公儲滿，聊寬瘠土憂。
須知天幸偶，莫侈積如丘。

簌簌迎風重，垂垂浥露多。
分岐珠累串，合影玉聯窩。
已卜雞豚飽，無勞鴻雁歌。
窮民猶蹙額，五月賣新禾。

◎作《催徵》詩：

不能天雨粟，未免吏呼門。
聚斂非吾術，憂時奉至尊。
帶青礱早稻，垂白鬻孤孫。
安得烽煙息，敷天頌天恩。

按：《催徵》一詩附於《壽寧待志》卷上《賦稅》後，之前有：「崇禎九年，為確陳剿寇第一要策，恭請聖裁事，奉文因糧輸餉，鄉紳每糧一兩，加銀二錢。民間糧滿五兩者，加銀五錢。」並有注：「壽丁多田少，糧滿五兩者不過數家。余查家冊，凡親兄弟皆合併才得此數，懼太少不便申報耳。聞各縣皆累百，亦有逾千邑之貧也！」根據《壽寧待志》中其他附詩都一事一附的體例來看，本詩應作於壽寧任上的崇禎九年。基於《吟草》為未刊稿，不知馮夢龍事後是否有將此詩也增入詩集，故存疑。

此詩後被鍾惺改題為《催科》，收入《明詩歸》卷七馮猶龍條下，個別字句也小有改動。如第一句改成了「不聞天雨粟」，第三句改成了「聚斂非吾事」，末一句改成了「敷天沐聖恩」。詩後鍾惺評云：「猶是催科，而中存仁愛，此儒吏、俗吏之別。」

◎中秋，徐㶿作《壽寧馮父母詩序》，並有一札相寄，序云：

吳門馮猶龍先生，博綜墳素，多著述。早歲治《春秋》，有《行（衡）庫集》，海內經生傳誦之。又輯《續智囊》、《古今譚概》，搜羅奇事韻事不遺餘力。小說家即古之臨淄、今之成都，莫嘗過焉。

予聞先生名且久，竟孤一識面。昨歲浪遊建州，而先生新拜壽寧令，赴大府期會，彼此投刺，交相重而交相賞也。先生深於詩，已行於世者無不膾炙人口。玆治壽寧，則又成《吟稿》一卷。蓋寧為建屬邑，界萬山中，峰巒峭蒨，灘水瀺灂，最稱僻壤。景皇帝時始設縣治，厥土惟瘠，厥賦下下，民馴有太古風。令早起坐堂皇，理錢穀簿書，一刻可了。退食之暇，不丹鉛著書，則撚鬚吟詠。計閩中五十七邑令之間，無逾先生，而令之才亦無逾先生者。顧先生雖耽詩乎，而百端苦心，政平訟理，又超於五十七邑之殿最也。

昔子遊宰武城，夫子以牛刀笑之。夫以先生之才，屈而長壽寧，譬之昆吾利器，用切蟣肝，安所展其鋒刃。雖然寧邑新創，文獻莫徵，甚於杞宋。乃借先生如椽之筆，一一詠題，則山增而高，水增而深。邑不能為令重，而令實為邑重侈矣。《禮經》云：「溫柔敦厚，詩教也；屬詞比事，春秋教也。」先生既治《春秋》，而又工詩。揚子雲有言曰：「舍舟航而濟乎瀆，末矣；舍五經而濟乎道，末矣。」先生推此二者以治民，其於道庶幾乎！寧四聲之朽云乎哉！崇禎丙子中秋，鄰治民徐𤊹撰。

按：上文亦見於《紅雨樓文集》鈔本及《紅雨樓集》鈔本，隨詩序寄有一封，云：

客臘，辱賜腆儀，某尚客武夷，未遑裁答，今春始作報章……憶去歲此時正在建州傾倒，忽忽周星，言念雅情，何勝瞻注。承委作序，某何人斯，敢於著穢，然嚮往鄙私，積有歲年，漫成一篇請正，幸祈痛加改削，庶不為佳集之玷。

按：此札亦見於《紅雨樓集》鈔本。

◎向上臺申請，欲旌表鄉賢。據《壽寧待志》卷上《學宮》：

葉朝鎮治官多績，居鄉有品。自萬曆三十九年至四十三年，屢經公舉鄉賢，申詳學道，竟未轉文。葉朝奏正直居官，孝友表俗。崇禎九年，本縣採公議申請，蒙學道陶批：「府複查再詳。」原文亦為房中東閣。兩賢俱以子孫貧弱，無力經營。余擬從上臺乞一筆佈施，未知誰作功德主耳！

◎敬賢崇善，捐俸事神。據《壽寧待志》卷上《香火》：

崇禎九年，圖民柳桂八、葉榆二等合詞以請，醵金建祠。卜地於閣之東，為屋五間，中三間立神像，旁以住僧。余亦少佐俸資，幸落成矣。……余既建關廟，乃議遷佛像於舊閣，空祠堂為遺愛公所。自知縣戴鏜以下，凡有功地方者，從眾議立主，以存士民忠厚之意。然戴鏜實宜入「名宦」，不止私祠而已。

◎九月，去浙江紹興拜訪祁彪佳，可能還是為了調動工作的事，未果。祁彪佳《遠山堂尺牘・與袁鳧公》札云：

菊月（即九月），馮猶龍兄入越城，弟且以一晤為快，而正值先兄危篤，弟為經理其後事，遂致咫尺成阻。

◎秋，舉十都一圖人楊輝六為耆民。據《壽寧待志》卷下《勸誡》。

◎捐俸修繕學宮。據《壽寧待志》卷上《學宮》：

學宮久傾圮，值廖、呂二師尊同事，皆留意作興。適有詳過修學贖鍰二十八金，余益以二十餘金，繇是堂宇載整，學門重建，移前十餘武，遷泮池於內，駕石為樑，獨櫺星門朽腐乏大木（按：據《待志》卷下《官司》廖、呂即廖燦、呂元英，廖繇歲貢崇禎八年任，九年升建寧府學正；呂繇歲貢崇禎七年見任。故以上所言當是崇禎八、九年間事）。適舊吏葉際高，久負憲贖十金無措，止存山林一區，路稍遠，求售不得。余乃捐俸代輸，伐其木，募人致之，鳩工斫削。已擇戊辰（按：此戊辰為誤，戊辰是崇禎元年，馮尚未到任；如是庚辰，則馮又已於戊寅離任；如是戊寅，則《壽寧待志》已於崇禎十年編成，皆不是。據陳元度先生認為應是崇禎九年丙子）正月二日子時建豎，而元旦起夫為難，工請改期。余乃大書牌云：「夫至者，不論老弱，人齎銀一分，工人倍之，捕衙給小票庫支。」夜半而雲集，比天明，柱已立矣。門外設木屏，以便行者，泮池亦易木橋，朱丹既飾，視昔加煥焉。同事者為今任李師尊（即李日榮）。

名宦祠在儀門之左，僅破屋一間，全無窗槅。余糾工，上加復壍，中設柵欄，非祭日則關鎖之，始免褻穢。……

西元一六三七年　明崇禎十年丁丑　清崇德二年

六十四歲　任壽寧知縣第四年

◎正月。處理馬仙宮僧徒糾紛。據《壽寧待志》卷上《香火》：

崇禎十年正月，余因馬仙宮僧徒不和，為之改門右偏，而左偏有屋料未成，係凶方不可建竪，余為移置於山川壇。惟厲壇尚有待。

◎春，舉五都一圖人繆潤三為耆民。據《壽寧待志》卷下《勸誡》。

◎別出心裁，纂修《壽寧待志》。《壽寧待志‧小引》落款：「崇禎十年孟春壽寧令馮夢龍述。」

按：《壽寧待志》國內久已佚失，日本上野圖書館藏有原刊本，中國社科院圖書館已將其翻拍成縮微膠捲。這是一部別具一格具有很高文學價值的地方志書。它除記載福建壽寧的歷史、地理、政治、經濟和風土人情外，還有大量關於馮夢龍生平的材料，特別是他四年的仕途政績，可補研究之不足。

◎撰寫祭文，奏請葉朝奏入鄉賢祠。祭文云：

> 帷公孝可作忠，仁而有勇，筮仕恩加蒼赤，歸田澤被桑梓。止開壙而寢遷城，攄經邦安民之略。闡孝經而修邑乘，立文章道清之宗。道岸先登，樹斯文之赤幟；賢祠首入，作學者之斗山。

按：此文保存於康熙《文山葉氏宗譜》。據《壽寧待志》卷上《學宮》載：「葉朝奏正直居官，孝友表俗。崇禎九年，本縣採公議申請，蒙學道陶批：『府覆再詳。』原文亦為房中東閣。」另據康熙《壽寧縣志》卷之六《人物志・鄉賢》載：「葉朝奏，字匡之，十一都人。幼負穎異，髫齡蜚聲黌序。年二十三，應隆慶元年恩貢，任廣西信豐縣知縣。秉性耿介，褆身端潔，撫黎元而化成製錦，忤當道而志決掛冠；且也孝友以睦鄉閭，惠澤以賙族黨，非公不見，卓哉澹台之風；訓子有成，允矣燕山之範。崇禎丁丑，公舉崇祀鄉賢，誠允愜輿論矣。」又據康熙《文山葉氏宗譜》中的《修醉翁墳附葬記》云：「葉朝奏公……因與府憲不合，解組歸家，風清林下。……爾時，縣主馮公諱夢龍述公宦績於上憲，詳請首入鄉賢。」

西元一六三八年　明崇禎十一年戊寅　清崇德三年

六十五歲　任壽寧知縣第五年

◎卸壽寧令職，自閩返蘇。據康熙《壽寧縣志》卷之四《官守志・宦績》，壽寧知縣區懷素「由舉人，崇禎十一年知縣事」。另據乾隆《福寧府志》卷十五《秩官》中載，壽寧知縣「馮夢龍」之下為「區懷素」；卷十七《循吏》篇說區懷素「崇禎十一年知縣事」。由此可見，馮夢龍在壽寧的任期當在崇禎七年至十一年間。他離任後回蘇州原籍繼續從事通俗文學的創作，並以「老臣」的身份不遺餘力地為大明王朝而四處奔波吶喊。

邑人文從簡贈詩云：

早歲才華眾所驚，名場若個不稱兄。
一時文士推盟主，千古風流引後生。

桃李兼栽花露濕，宓琴流響訟庭清。
歸來結束牆東隱，翰繪機蓴手自烹。

按：文從簡（一五七四－一六四八），字彥可，晚號枕煙老人。江蘇長洲人，係文徵明後人。明崇禎間廩生，善書畫。

◎寄詩稿於祁彪佳。《祁忠敏公日記・自鑒錄》這一年八月二十三日記：「又得林木桃及馮猶龍詩稿。」可確定即為《遊閩吟草》，名為「詩稿」，應為未刊稿。

崇禎十六年（一六四三）馮夢龍七十壽辰，錢謙益寄來《馮二丈猶龍七十壽詩》祝壽，詩云：

晉人風度漢循良，七十年華齒力強。
七子舊遊思應阮，五君新詠削山王。
書生演說鵝籠裏，弟子傳經雁瑟旁。
縱酒放歌須努力，鶯花春日為君長。

清康熙《壽寧縣志》卷之四《官守志・宦績》及乾隆《福寧府志》卷十七《循吏》皆評曰：「政簡刑清，首尚文學，遇民以恩，待士有禮。」

第四章

附錄

方志中新見馮夢龍佚詩考述

趙紅娟　夏春錦

摘要：本文披露了清道光版《石門縣志》卷二十二《藝文下》和光緒《石門縣志》卷十中所收的一首馮夢龍佚詩《寓語溪鍾君大園觀紅梅有美人不期而至》，並考證詩題中的「鍾君」應指鍾起鳳，大園即息耘園。鑒於鍾氏生平資料的稀少，本文還輯錄了他的一些詩歌。

關鍵字：馮夢龍；佚詩；鍾起鳳

馮夢龍雖以通俗文學著稱於世，但有關他的詩作也備受學界關注，偶有發現，都視若珍寶。一直以來，就有學者不斷從家譜、地方志中輯出馮氏佚詩。筆者在翻閱兩個版本的《石門縣志》時也發現了一首馮氏佚詩，不勝驚喜。因學界未曾提及，特摘出與方家共賞，並將相關問題考述如下。

一

此詩名《寓語溪鍾君大園觀紅梅有美人不期而至》，先後被收錄於清道光版《石門縣志》卷二十二《藝文下》和光緒版《石門縣志》卷十《撰述志二》「遺文」中，均署名馮夢龍。全詩如下：

乍訂探梅約，名園具主賓。
紅英初醉雨，綠萼漸窺人。
忽挹顏如玉，渾疑花有神。
歸來潦倒臥，旅夢亦隨春。

清朝的石門縣在今天的浙江省桐鄉市境內。桐鄉市境五代以前屬嘉興縣境，五代後晉天福三年（九三八）割嘉興縣西南崇德等七鄉置崇德縣，至明宣德五年（一四三〇）又析崇德東境募化、千金、保甯、清風、永新、梧桐六鄉置桐鄉縣，原來的崇德縣則轄語兒、崇德、南津、千乘、積善、石門六鄉，至康熙元年（一六六二）為避皇太極年號之諱改名為石門縣（民國三年改回）。到一九五八年，撤銷崇德縣建制，併入桐鄉縣，一九九三年升格為現在的桐鄉市。

據筆者考證，詩題中家有「大園」的「鍾君」應指鍾起鳳。其主要理由有三：

一是鍾起鳳與馮夢龍處在同一時代。關於鍾起鳳，康熙間沈季友《檇李詩系》卷十五云：「起鳳字羽王，崇德人，萬曆乙酉（西元一五八五年）舉人，官薊州守。」雍正《浙江通志》卷一百三十九亦言其崇德人，官薊州知州。然光緒《石門縣志》卷七《選舉志》卻言「蘇州知州」，這顯然是因「蘇」字之繁體字與「薊」字形近而誤。鍾起鳳於萬曆十三年乙酉（一五八五年）中舉人，時年馮夢龍十二歲。很顯然，兩人屬同時代人。按常理推測，一個人十二歲前中舉是不太可能的，所以鍾氏年齡當比馮夢龍大。

二是鍾家有名園息烈園。清光緒版《石門縣志》卷一《輿地志》「古蹟」之「息烈園」條，引康熙間吳永芳修《嘉興府志》云：「明薊州知州鍾起鳳園也，在文璧山后。」並附有鍾起鳳《息烈園詩》曰：

> 結廬少城隈，種竹不盈畝。巷立七頭松，門栽五株柳。綠水浸橫塘，紅蓮間白藕。芙

蓉環小橋，有亭大於閂。桃李紛南榮，桂杏排北牖。橘實散餘馨，梅萼絕塵垢。群卉遞芳妍，鑒賞來鄰叟。彼我各忘言，時傾一杯酒。頹然入醉鄉，遊子無何有。

據筆者查閱，此詩最早出現在明萬曆版《崇德縣志》「紀文」之「詩」卷中，文字上稍有差異，其中第三句「立」作「列」，第四句「株」作「枝」。清初沈季友《檇李詩系》卷十五亦收入此詩，除缺最後兩句外，個別字句也有出入。其中「立」作「列」；第六句「蓮」作「菱」；第七句作「石矼平於岸」；第十一句作「頌橘懷餘馨」；第十三句「梅萼」作「妻梅」；第十四句「群卉」作「四序」。從第一首詩來看，鍾氏息糺園中群卉芬芳，四時不絕。特別值得注意的是，這兩種版本的《息糺園》詩都提到了園中有「梅」，而這與馮夢龍佚詩詩題及詩中所描寫的內容正相契合。

三是語溪一地明末並無另外的鍾姓大園。詩題中的「語溪」即今桐鄉市崇福鎮。該地春秋時為吳越邊界，稱禦兒，又稱語兒。北宋歐陽忞《輿地廣記》卷二十三云：「崇德縣有語兒水，本曰禦兒，越之北境。」「語兒水」即崇福鎮東的南沙渚塘，又稱語溪，地遂以溪名。從歷史沿革來看，「語溪」一地明末屬崇德縣，清代屬石門縣。而據筆者翻閱明萬曆《崇德縣志》、清光緒《石門縣志》等現存方志後發現，除鍾起鳳「息糺園」外，此地並無另外的鍾姓「大園」。

因此筆者認為，詩題中的「鍾君」即指鍾起鳳，而所謂的「大園」即是鍾起鳳的「息匑園」。其遺址在今桐鄉市崇福鎮中山公園內。桐鄉地處環太湖地區，離蘇州較近，馮夢龍來此也並不奇怪。

毋庸諱言，《寓語溪鍾君大園觀紅梅有美人不期而至》一詩無論是在思想格調上，還是藝術方面，均無出彩之處。前四句寫赴約賞梅，後四句寫見到美女時的興奮心情。馮夢龍很坦率，連作了春夢的情況也不隱瞞，詩歌也因此顯得格調輕浮放蕩。據此，這很可能是馮夢龍年輕時的作品。

總之，該佚詩的發現，不僅有助於我們瞭解馮夢龍年輕時的思想個性與精神面貌，而且表明馮夢龍曾經到過桐鄉，並與鍾起鳳有交往。

二

既然鍾起鳳與馮夢龍有交遊，所以筆者想再補充一些有關他的資料。康熙間吳永芳修《嘉興府志》中所引鍾氏《息匑園詩》實有兩首，除上引一首外，另一首為：

言陟松風台，周覽遍城郭。左望夫子牆，前瞻佛氏閣。竹影亂濃陰，松聲響寥廓。怪石恰五指，方池僅一勺。軒敞足凝神，門虛可羅雀。默想濠濮趣，恍然在籬落。一鳥鳴花間，愈覺心寂寞。意泯無所營，興來何所詑。願得素心人，常與展戲謔。

筆者又發現，在明萬曆《崇德縣志》「紀文」之「詩」卷中，鍾氏《息烮園詩》則是四首，除以上兩首外，另兩首是：

圓魄光未吐，借問來何遲。登樓聊舒嘯，坐見星斗移。俯視無雲壇，更繞牡丹枝。群葩散為錦，薔薇結成帷。滿目皆生意，對之足自怡。雙梧未幹霄，何能棲長離。烏雀徒爭喧，難免達者嗤。鴻飛入冥冥，弋人何所為。喪足如遺土，蒙莊豈我欺。

奔馳三十載，衣緇洛京塵。一麾乃出守，塞上空逡巡。脫綬返初服，種種二毛侵。悠然絕世鞅，孤子誰為鄰。喜從鷗鳥狎，日與麋鹿親。種瓜青門外，采蘋綠水濱。閉息坐玄關，吐納故與新。幻軀忘偃仰，大化無屈伸。安期及羨門，斯人吾等倫。

據以上《息烮園詩》來看，此時的鍾氏是一個崇尚道家思想、隱居田園的退職官吏。

另外，鍾氏詩歌除以上四首《息刋園詩》外，萬曆《崇德縣志》「紀文」之「詩」卷中還有其《□雨篇》一首：

青州已越二旬強，晶晶杲日當純陽。謳意群陰蔽四野，化為霖潦天無光。奔雷掣電匝兩月，從朝徹暮無休歇。密霧昏昏遠岫平，洪流浩浩高崖沒。況復南湖溜決渠，四望彌漫疑瀣渤。長途濘溢絕行輪，裏閭蕭條寡煙突。敗壁潰垣隨處倒，盈階積戶惟萍藻。樹杪舟行類鸛巢，牆隅浪湧如江島。鄰家咫尺隔重淵，兒女號啼不相保。情知指日葬洪渠，暫延喘息且羨魚。良農不稼複不穡，欲散四方將安如。願得問天借九日，燥盡流沫昏墊除。

這是一首洪澇災害中的止雨呼晴詩，頗可見鍾氏的愛民之心。

從以上所引詩歌來看，鍾氏是一個善詩的官吏。可惜，桐鄉方志中並無其傳記資料。值得一提的是，何宗美先生大作《公安派結社考論》曾談到鍾起鳳這個人物，曰：「鍾起鳳，字君威，浙江人，官蘇州知州。見《蘇州志》卷六《官職表》。他參加蒲桃社，與『三袁』詩酒唱和，見袁宏道《崇國寺葡萄園集黃平倩、鍾君威、謝在杭、方子公、伯修、小修劇飲》、《和鍾君威花字》等。」[1]（P123）此段話有何先生自注，稱出自《袁宏道集箋校》卷十五。查錢伯城《袁宏道集箋校》卷十五，確實收以上兩詩，並曰：「鍾起鳳，字君威，浙江人。舉人。此時任薊州知州。見《薊州志》卷六《職官表》。」[2]（P642）這裏有以下兩個問題：

一是錢先生言出「《薊州志》卷六《職官表》」，何先生轉引時卻言「《蘇州志》卷六《官職表》」，「職官」與「官職」的差異暫且不論，難道「薊」字誤成「蘇」字，亦如前面所言之光緒《石門縣志》，是因兩字的繁體字形近而訛？[1]而《袁宏道集箋校》使用的也正是繁體字。二是兩人均言鍾起鳳「字君威」，這與沈季友《檇李詩系》卷十五所云「字羽王」相矛盾。為此，筆者不得不動手查《薊州志》。因錢先生未言該書版本，筆者只能據自己所瞭解到的康熙、道光兩個版本的《薊州志》來查閱。結果很出人意料。首先康熙版《薊州志》卷六為《仕紳志》，顯然不會有鍾氏資料，閱後確實也沒有發現；卷五為《名宦志》，細查後也沒有發現有關鍾氏的任何資料；再查卷四《官秩志》，這才發現載有萬曆間知州鍾起鳳，但只簡單注明：「浙江人，舉人。」其次是道光刻本《薊州志》，其卷六為《官秩志》，而非《職官志》，所載也與康熙刻本完全相同，根本沒有所謂的「字君威」的記載。錢先生是知名學者，按理不會出現如此錯誤，難道還有別的版本的《薊州志》？而如果這是錢先生的錯誤，那麼袁宏道詩中提到的鍾君威是否即浙江舉人鍾起鳳就很值得懷疑了，進而何先生有關鍾起鳳與蒲萄社的論述也必須修正。謹以上述兩個問題求教於錢、何兩位先生。

注釋：

1 為此，筆者還特意查了乾隆、道光、光緒三個版本的《蘇州府志》，其卷六或為《水利》或為《山》，均無有關鍾起鳳的任何資料，「蘇」是「蓟」的繁體字形近而訛無疑。

參考文獻：

[1] 何宗美：公安派結社考論[M]。重慶：重慶出版社，二〇〇五。

[2] 袁宏道，錢伯城・袁宏道集箋校[M]。上海：上海古籍出版社，一九八一。

跋

潘明福

記得二〇〇七年五月的一個晴朗的午後，春錦拿著一位學者撰寫的關於《笠澤堂書目》的學術論文來辦公室找我，見到我以後，他侃侃而談，對「《笠澤堂書目》的編撰者究竟是誰？」這一問題，發表了和那篇學術論文不同的看法。春錦不是泛泛而談，而是在對當時他所能見到的關於《笠澤堂書目》的所有相關材料進行深入研究和細緻比較的基礎上發表他的觀點的。看到他手裏所拿的從各類目錄類典籍和地方志等相關史料中所複印的與《笠澤堂書目》相關的厚厚一疊資料，我可以想見他對此一問題思考的深度。午後的陽光斜斜地映在他那未脫稚氣的臉上，那股認真與對學術的虔誠，讓我為之感動。與一般的本科生相比，僅就敏銳的洞察力與學術眼光這一點而言，春錦已經高出很多。

春錦來自一個勤儉、素樸的家庭，他的誠懇與勤勉，應當是受了他家庭較多影響的。正是這種誠懇與勤勉，讓他身上具備了更多的閃光點，這也應該是許多人願意與他為友的重要原因吧。

我一直不敢以春錦的老師自居，雖然在形式上做了他四年的班主任。在所帶的每一屆學生中，總會有幾個出類拔萃者，而春錦，是其中尤為突出者。春錦是一塊做學問的料，這是我很早就這麼認為的。記得依然是在一個午後，在學校圖書館四樓的參考閱覽室裏，我和春錦不期而遇，出於對其勤勉的讚許與對其今後走學術之途的希冀，我領著春錦逐次走過每一排書架，向其詳細介紹每一類書籍的性質、用途以及不同學問的不同門徑和方法，我講得盡興，春錦也聽得格外認真，不知不覺大半個下午過去了，我們可能都沒有完成原定到圖書館看書的計畫，但我心裏卻並不遺憾。這是我從事教書工作十多年來第一次以這種形式「單獨授課」，當然，這也是至今為止唯一的一次。因為，並不是每一位學生都願意像春錦那樣，對讀書有著宗教般的虔誠與執著的渴望。

春錦的學術潛能和學者氣質是很早就已經顯露了的，除了前面所提到的他對《笠澤堂書目》編撰者及相關問題的思考與探究以外，他對湖州藏書家與藏書文化、馮夢龍及其相關著述等，都有著較為深入、細密的思考和探索。春錦的學術研究天分，在大學期間就已經有所展露。大三的時候，他以自己的學術研究獲得了浙江省「挑戰杯」大學生科技作品競賽二等獎，在那一屆評比中，春錦所在的學院的學生獲此殊榮的僅有兩項，而春錦的研究就位列其一，其學術研究水平由此可知一二了。春錦利用大三、大四將近兩年的時間，一頭扎進湖州藏書文化的研究中，其研究成果《湖州藏書與著述的互動研究》在其畢業的那一年就已經公開發表。本科畢業後的春錦，在繁忙的工作之餘，仍然扎根閱讀，潛心學術，眼前的這部《山城臥治》就是他畢業後潛心鑽研的學術成果。

《山城臥治》是春錦的第二部著作，二〇一二年五月，他將十幾萬字的《悅讀散記》公開出版，我為他感到非常高興。《悅讀散記》主要記載了春錦在書林漫步的心路歷程與閱讀感悟，內容溫暖而充實，情感真誠而直率，語言清新而雋永，因而，出版後，贏得了諸多好評。《悅讀散記》以散文、隨筆為主，內容寬泛，以流暢、疏朗見長，若以內容的集中性和學理的深刻性而言，則不如眼前的這部《山城臥治》。若從「著作」這一角度來說，《悅讀散記》是春錦的處女作；若從「學術著作」這一層面而言，則這部《山城臥治》就應該是第一部。

春錦來自福建壽寧，他對生於斯、長於斯的家鄉，是有著深厚的情感的。早在數年前，他就對我說過，他正積極回應家鄉的文化宣傳部門的號召，為家鄉的文化建設做著一些力所能及的工作。馮夢龍這位明代的才子名人，曾一度主政壽寧，馮氏在壽寧任上頗有善政，因此，數百年來，善良的壽寧人民一直對其深深感恩，這種感恩之情綿延流轉，代代相傳，一直傳遞到了春錦這裏，春錦潛心研究馮夢龍，或許正是基於這種深沉的感恩之情吧。

早在兩年前，春錦就曾將其關於馮夢龍佚詩研究的論文發送給我，細讀過後，頗為驚歎他的細緻與扎實，文章也頗有價值，曾幫其潤色、修訂後先後寄投給一些刊物，然至今未能刊發，頗為遺憾，今見其將該文附於書後，借助書籍的出版，將其公佈於世，於此，當可彌補一些遺憾。

《山城臥治》雖然以馮夢龍在壽寧期間的施政方略、人生行歷與相關著述為主要研究內容和論述對象，但通讀全書以後，我們就會發現，與其說作者是在研究馮夢龍，還不如說作者是借助對馮夢龍的研究來描述和推介家鄉壽寧，書中對壽寧風土人情、物產地貌等的描寫，都是充滿著感情的。當然，這樣說，並不是說這樣的寫法不好，而是想強調春錦作為一名壽寧後生，始終懷揣著滿滿的家鄉故土之情，僅這一點，就已經足夠讓人為之感動、對其尊重。當然，若以嚴格的學術著作的標準來衡量這部《山城臥治》，或許還有這樣或那樣的不足，但至少選題是有意義的、研究是有價值的、許多結論的得出也是具有一定說服力的。除此之外，我以為，春錦通過這部書所傳達的對故鄉的愛與牽掛，乃是更為重要的。

從來沒給別人寫過跋，給春錦的大著寫跋，是第一次。就像第一次在圖書館給春錦講目錄、版本、治學門徑、讀書方法一樣，我非常高興。所不同的是，那次跟春錦談治學，是高興而又滿懷期待；而這次為春錦大著寫跋，是高興而又頗為惶恐，因為我怕我的絮絮叨叨和不著邊際會影響整部著作的嚴整和清朗。

不過，能為春錦的大作寫點感想，總是感到榮幸而又高興的。期待且堅信淡泊勤勉、清俊博思的春錦能在悅讀、創作、研究等各個領域有更宏闊的發展！

二〇一三年三月十日

（潘明福，文學博士、湖州師範學院文學院副教授）

山城臥治

後記

福建壽寧是我的老家，多山，是名符其實的山城。壽寧人都喜歡去爬其中一座名為南山頂的山，因為在這個山的山頂上佇立著一尊明代著名通俗文學家馮夢龍的塑像。塑像已經有些年頭了，工藝算不得精湛，原料也再普通不過，但塑像左手捋鬚、右手握書卷的姿態被表現得恰到好處，特別是那張清矍的臉龐和一對緊蹙的眉頭，幾乎把任壽寧知縣時期的馮夢龍的風神志趣給淋漓盡致地展現了出來。

我對馮夢龍的記憶可以追述到剛曉事的孩提時代。那時每當家裏來了客人，桌上總少不了以名為「夢龍米燒」的白酒待客。我兒時雖不飲酒，但酒瓶上身著官服、頭戴烏紗帽的馮夢龍半身像卻給我留下了輕易不能抹去的記憶。再者馮夢龍塑像所在的南山頂正位於我所生長生活的南陽鎮轄區，從小就從老師和長輩的口中受到諸多的啟蒙。後來年紀稍長，還清晰地記得第一次登上南山頂見到馮夢龍塑像時的情景，那是晨光熹微之時，他所眺望的崇山峻嶺之外，正是旭日東昇的方向。登南山頂，傍著馮夢龍看日出，那時候頗成時興。

再後來，為了求學我走出山城，負笈江南。在我諸多的老師中，趙紅娟教授為我們開設了「三言兩拍」的選修課。也許正如豐子愷先生所言：「仔細想來，無論何事都是大大小小，千千萬萬的『緣』所湊合而成，缺了一點就不行。世間的因緣何等奇妙不可思議！」正是因了大大小小的因緣，我自覺地對馮夢龍，特別是馮夢龍在壽寧的這一段經歷產生了濃厚的興趣。那時臨近畢業，我的工作已經提前落實，在同學們忙著考公、考研、找工作的時候，我則把大部分時間和精力花在查閱和整理「馮夢龍與壽寧」這個專題的資料上來。就這樣，經過一段時間的爬梳，整理出了一份初步命名為《馮夢龍宦游壽寧行跡、政績編年》的資料彙編。而促使我將此作為書稿來整理的則是壽寧縣委宣傳部的動議，隨後我利用剛走出校園的第一個暑假一個人關在桐鄉一所私立學校的學生宿舍裏完成了此稿。那個暑假悶熱難耐，但在讀書寫作過程中體驗到的快樂又是頗為自足的，特別是寫作過程中得到了趙紅娟和潘明福兩位老師的全程指導和幫助，所積累下來的寫作經驗對我來說顯得彌足珍貴。此書稿後來雖如泥牛入海，因故未能出版，但書稿提綱的擬定凝聚了壽寧地方文史專家們的智慧，特別是家鄉為我提供了不少書籍資料，在此一併致謝。

《山城臥治》圍繞馮夢龍在福建壽寧的唯一一段縣令生涯展開梳理。主要結合馮夢龍生平、存世詩文、地方志等史料，及其在壽寧的遺存遺跡，從其宦游壽寧期間的施政思想與活動、著述成就、四年任上的行跡政績編年三方面展開論述。馮夢龍是一位卓有成就的歷史文化名人，其代表作「三言」（《喻世明言》、《警世通言》、《醒世恆言》）家喻戶曉，流傳久遠。馮夢龍的一生雖充滿傳奇色彩，怎奈史料不多，披露有限，而其在壽寧任上的縣令生涯無疑是資料相對豐富（主要得益於他在壽寧任上撰成自傳體縣誌《壽寧待志》）的一段，更是其仕途人生中的得意之筆。對馮夢龍這段經歷，歷來論者涉及較少，筆者憑藉地域優勢，立足於掌握到的豐富資料，結合閩東的地域文化展開論述。在展示馮夢龍這一段心路歷程的同時，也試圖從一個側面展示出晚明社會的時代風貌和閩東山城壽寧獨特的地理、風俗、歷史和文化。

對於馮夢龍而言，他雖只在壽寧待了四個年頭，但這段仕途生涯在一定程度上使他的濟世情懷得到了舒展，善政理念也得到了初步的實踐，可以說這是他政治生命中相對自足的一段時期。但與此同時，這四年的縣令生涯一方面進一步激發了他作為傳統讀書人「撫心世道」的迫切希望；另一方面也令他真切地看清了大明王朝的政治現狀，及作為地方官吏的「肘掣於地方，而幅窘於資格，其情亦多有淒憤而不敢控者也」（《壽寧待志》卷下《官司》）。這種典型的遭遇和處境正是中國歷史上眾多富有社會和歷史責任感的傳統知識份子所共同面對的，值得深入考察。這些就註定了壽寧在馮夢龍的一生中具有獨特的意義，對其晚年的思想狀況更是產生了巨大的影響。

壽寧對馮夢龍具有獨特的意義，壽寧人對馮夢龍也懷著一份特殊的感情。他們首先是把馮夢龍當做一位清官來紀念和崇拜的，無論是流傳民間的傳說，還是官方史志文獻的高揚，都不約而同地凸顯出馮夢龍作為地方官的勤政愛民與清廉自守。人們對清官的愛護與追念，一方面可見清官之難得難見，另一方面亦可見馮夢龍在壽寧知縣任上之所作所為的深得民心，確有為人稱道之處。其次當然是作為文化名人的馮夢龍，他「首尚文學」、「待士有禮」的流風遺澤，至今不衰，對壽寧當下的文化教育依然具有啟示和典範的意義。壽寧熱心教育和文化的有識之士，無不以馮夢龍這位先賢為精神上的導引。

客居桐鄉，四年有餘。舊稿蒙塵，幾無見光之日。年前一次偶然的機會，得成都著名作家朱曉劍先生之助將書稿轉遞給了蔡登山先生。在經歷了跨年的等待之後，終於得到答覆，才有了如今在臺灣秀威出版的良緣。朱先生是成全我的第一部書稿《悅讀散記》出版的主事者，如今又促成此稿的出版，真乃福星也。還要再次感謝趙紅娟和潘明福兩位恩師精心撰寫的序、跋，可以說，我的大學四年是在他們的鼓勵和表揚聲中走過來的。此稿雖算不得正兒八經的學術著作，但敝帚自珍，可算是個人一個階段讀書寫作的總結。兩位老師對我讀書寫作的侷限算是瞭解的，所以請他們指摘不足，以期來日有所長進。也感謝俞尚曦先生，百忙之中擠出時間幫我校對了書稿。最後也要感謝劉璞編輯和秀威的出版團隊，他們熱忱的服務態度和專業的業務水準令人感到愉悅。

遠離家鄉已近九年，但那份思鄉之情有增無減。整理和修改此稿的過程未嘗不是一種情感的寄託和一次紙上的還鄉，權當是一個遊子的一種自我慰藉吧。

夏春錦

二〇一三年五四青年節於開卷有樂齋

文學視界42　史地傳記類　PC0339

山城臥治
——「三言」馮夢龍宦遊福建壽寧文獻考論

作　　者／夏春錦
主　　編／蔡登山
責任編輯／劉　璞
圖文排版／王思敏
封面設計／陳佩蓉

發 行 人／宋政坤
法律顧問／毛國樑　律師
出版發行／秀威資訊科技股份有限公司
114台北市內湖區瑞光路76巷65號1樓
電話：+886-2-2796-3638　傳真：+886-2-2796-1377
http://www.showwe.com.tw
劃撥帳號／19563868　戶名：秀威資訊科技股份有限公司
讀者服務信箱：service@showwe.com.tw
展售門市／國家書店（松江門市）
104台北市中山區松江路209號1樓
電話：+886-2-2518-0207　傳真：+886-2-2518-0778
網路訂購／秀威網路書店：http://www.bodbooks.com.tw
國家網路書店：http://www.govbooks.com.tw

2013年8月BOD一版
定價：270元

國家圖書館出版品預行編目

山城臥治：「三言」馮夢龍宦遊福建壽寧文獻考論 / 夏春錦著. -- 一版. -- 臺北市 : 秀威資訊科技, 2013.08
面； 公分. -- (史地傳記類 ; PC0339)(文學視界 ; 42)
BOD版
ISBN 978-986-326-150-6 (平裝)

1. 章回小說 2. 文學評論

857.41 102013464

讀者回函卡

感謝您購買本書，為提升服務品質，請填妥以下資料，將讀者回函卡直接寄回或傳真本公司，收到您的寶貴意見後，我們會收藏記錄及檢討，謝謝！

如您需要了解本公司最新出版書目、購書優惠或企劃活動，歡迎您上網查詢或下載相關資料：http:// www.showwe.com.tw

您購買的書名：________________________________

出生日期：________年________月________日

學歷：□高中（含）以下　□大專　□研究所（含）以上

職業：□製造業　□金融業　□資訊業　□軍警　□傳播業　□自由業

　□服務業　□公務員　□教職　□學生　□家管　□其它_____

購書地點：□網路書店　□實體書店　□書展　□郵購　□贈閱　□其他

您從何得知本書的消息？

□網路書店　□實體書店　□網路搜尋　□電子報　□書訊　□雜誌

□傳播媒體　□親友推薦　□網站推薦　□部落格　□其他__________

您對本書的評價：（請填代號　1.非常滿意　2.滿意　3.尚可　4.再改進）

封面設計____　版面編排____　內容____　文／譯筆____　價格____

讀完書後您覺得：

□很有收穫　□有收穫　□收穫不多　□沒收穫

對我們的建議：________________________________

____

____

____

請貼
郵票

11466
台北市內湖區瑞光路 76 巷 65 號 1 樓
秀威資訊科技股份有限公司 收
BOD 數位出版事業部

(請沿線對折寄回，謝謝！)

姓　　名：________________　年齡：________　性別：□女　□男

郵遞區號：□□□□□

地　　址：________________________________

聯絡電話：(日) ________________ (夜) ________________

E-mail：________________________________